Coleção LESTE

A. P. Tchekhov

O DUELO

Tradução, posfácio e notas
Marina Tenório

editora 34

EDITORA 34

Editora 34 Ltda.
Rua Hungria, 592 Jardim Europa CEP 01455-000
São Paulo - SP Brasil Tel/Fax (11) 3811-6777 www.editora34.com.br

Título original:
Duel

Imagem da capa:
A partir de O grito, *de Edvard Munch, 1910, têmpera s/ cartão, 83 x 66 cm, Munch-Museet, Oslo*

Capa, projeto gráfico e editoração eletrônica:
Bracher & Malta Produção Gráfica

Revisão:
Cecília Rosas, Cide Piquet, Lucas Simone, Alberto Martins

1ª Edição - 2014, 2ª Edição - 2018 (2ª Reimpressão - 2025)

CIP - Brasil. Catalogação-na-Fonte
(Sindicato Nacional dos Editores de Livros, RJ, Brasil)

Tchekhov, A. P., 1860-1904
T251d O duelo / A. P. Tchekhov; tradução, posfácio e notas de Marina Tenório — São Paulo: Editora 34, 2018 (2ª Edição).
176 p. (Coleção Leste)

Tradução de: Duel

ISBN 978-85-7326-580-4

1. Literatura russa. I. Tenório, Marina. II. Título. III. Série.

CDD - 891.73

O DUELO

O duelo 7

Posfácio da tradutora 158
Agradecimentos 171

I

Eram oito da manhã, hora em que os oficiais, funcionários e forasteiros, depois de uma noite quente e abafada, costumavam tomar banho de mar e passavam depois ao pavilhão para beber café ou chá. Ao chegar para tomar banho, Ivan Andréitch Laiévski, rapaz de uns 28 anos, um loiro esguio, com quepe do Ministério das Finanças e chinelos, encontrou muitos conhecidos na orla e, entre eles, um amigo, o médico militar Samóilenko.

Com uma cabeça grande, cabelos curtos, sem pescoço, vermelho, narigudo, de sobrancelhas pretas e desgrenhadas e suíças grisalhas, gordo, flácido e ainda por cima com uma voz de militar, rouca e grave, esse Samóilenko causava a todo recém-chegado uma impressão desagradável, de mandão e ranzinza, mas bastavam dois, três dias após o primeiro encontro e o seu rosto começava a parecer extremamente bondoso, amável e até bonito. Apesar da falta de jeito e do tom um tanto rude, era um homem pacato, infinitamente bondoso, benevolente e prestativo. Dirigia-se a todos na cidade por "você", a todos emprestava dinheiro, tratava de todo mundo, reconciliava, arranjava casamentos, organizava piqueniques, nos quais assava espetinhos e preparava uma deliciosa sopa de tainha; estava sempre intercedendo e pedindo por alguém e estava sempre contente com alguma coisa. Na opinião geral, era um homem sem pecados, e apenas duas fraquezas o acompanhavam: em primeiro lugar, ele se envergonhava da sua bondade e tentava mascará-la com um olhar severo e uma rudeza fingida; em segundo, gostava que os enfermeiros e os soldados o chamassem de "Vossa Excelência", apesar de ser apenas conselheiro de Estado.[1]

— Escute, Aleksandr Davíditch, me responda uma pergunta — começou Laiévski quando os dois, ele e Samóilenko, entraram na água até os ombros. — Digamos que você tenha se apaixonado por uma mulher e se juntado a ela; viveu com ela, digamos, mais de dois anos e depois, sabe como é, deixou de amar e começou a sentir que ela virou uma estranha para você. O que você faria nesse caso?

— Muito simples. Vá passear, minha cara; e fim de conversa.

— Falar é fácil! Mas e se ela não tem pra onde ir? Se é uma mulher sozinha, sem família, não tem um tostão nem sabe trabalhar...?

— E daí? Quinhentos à vista para calar a boca ou 25 por mês, e basta. Muito simples.

— Suponhamos que você tenha quinhentos à vista ou 25 por mês, mas que a mulher da qual estou falando seja culta e altiva. Você se atreveria mesmo a oferecer dinheiro para uma mulher assim? De que maneira?

Samóilenko quis responder alguma coisa, mas nesse momento uma grande onda cobriu os dois, depois bateu na praia e veio recuando ruidosamente por cima dos pedregulhos. Os amigos saíram da água e começaram a se vestir.

— Claro que é complicado viver com uma mulher que você não ama — disse Samóilenko, sacudindo a bota para

[1] Até 1917, a carreira dos funcionários públicos, dos militares e dos aristocratas era regida por uma lei chamada "Tabela de categorias do serviço público". Havia catorze classes de títulos, tendo cada classe um vocativo específico. "Vossa Excelência" era o vocativo para funções de 4ª classe, enquanto conselheiro de Estado era uma função de 5ª classe e seu vocativo era "Vossa Senhoria". (N. da T.)

tirar a areia. — Mas, Vânia,[2] é preciso pensar com compaixão. Se fosse comigo, eu não daria o menor sinal de que deixei de amá-la e viveria com ela até a morte.

De repente, sentiu vergonha das próprias palavras, caiu em si e disse:

— Mas, na minha opinião, bom mesmo era se o mulherio nem existisse. Que vão todas para o diabo!

Os amigos se vestiram e foram até o pavilhão. Ali, Samóilenko estava em casa; havia até louça especial para ele. Toda manhã lhe serviam numa bandeja uma xícara de café, um copo alto de cristal lapidado com água e gelo e uma taça de conhaque; primeiro, bebia o conhaque, depois, o café quente, por fim, a água com gelo, e, pelo visto, tudo isso era delicioso, porque depois de beber seus olhos se umedeciam, Samóilenko alisava as suíças com as duas mãos e dizia, olhando o mar:

— Incrivelmente magnífica essa vista!

Depois de uma longa noite perdida em pensamentos tristes, inúteis, que não o deixavam dormir e pareciam até aumentar o mormaço e a escuridão da noite, Laiévski sentia-se abatido e desanimado.

— Vamos continuar a nossa conversa, Aleksandr Davíditch — disse ele. — Não vou esconder e digo francamente, como a um amigo: a minha situação com Nadiéjda Fiódorovna vai mal... muito mal! Desculpe por confiar os meus segredos a você, mas preciso me abrir.

Samóilenko, pressentindo qual seria o assunto, baixou os olhos e começou a bater na mesa com os dedos.

— Vivi com ela dois anos e deixei de amá-la... — continuou Laiévski. — Isto é, para ser mais exato, compreendi que nunca houve amor nenhum... Esses dois anos foram um engano.

[2] Diminutivo de Ivan. (N. da T.)

Quando conversava, Laiévski tinha o hábito de olhar com atenção as palmas rosadas das mãos, roer as unhas ou remexer com os dedos nos punhos da camisa. Era o que fazia agora.

— Sei muito bem que você não pode me ajudar — disse ele —, mas estou lhe contando porque, para um fracassado como eu, um homem supérfluo, toda a salvação está em conversar. Tenho que generalizar cada ato meu, tenho que encontrar uma explicação e uma justificativa para a minha vida absurda nas teorias de alguém, nos tipos literários, no fato de que, por exemplo, nós, aristocratas, estamos em extinção, e assim por diante... A noite passada, por exemplo, eu me consolava pensando o tempo todo: "ah, como Tolstói estava certo, implacavelmente certo!". E isso me dava alívio. Realmente, meu amigo, que grande escritor! Não há nem o que falar.

Samóilenko, que nunca lera Tolstói e que todo dia planejava fazê-lo, encabulou-se e disse:

— Pois é, todos os escritores criam com a imaginação, enquanto ele vai direto às coisas.

— Meu Deus — suspirou Laiévski —, a que ponto fomos mutilados pela civilização! Eu me apaixonei por uma mulher casada; e ela, por mim... No começo eram os beijos e as noites serenas e as juras e Spencer[3] e os ideais e os interesses comuns... Quanta mentira! Na verdade, estávamos fugindo do marido dela, isso sim, mas mentíamos para nós mesmos que estávamos fugindo do vazio da nossa vida de gente culta. Imaginávamos o nosso futuro assim: primeiro, no Cáucaso, enquanto conhecemos o lugar e as pessoas, eu visto o uniforme de funcionário público e trabalho; depois, em meio a esta vastidão, arranjamos um pedaço de terra,

[3] Herbert Spencer (1820-1903), sociólogo e filósofo inglês. (N. da T.)

trabalhamos duro, plantamos um vinhedo, um campo e tudo o mais. Se em vez de mim fosse você ou esse seu zoólogo Von Koren, vocês talvez vivessem trinta anos com Nadiéjda Fiódorovna e deixariam para os herdeiros um vinhedo próspero e mil *dessiatinas*[4] de milho, mas eu, eu me senti falido já no primeiro dia. Nessa cidade faz um calor insuportável, é um tédio só, não há ninguém, e quando você sai para o campo, parece que embaixo de cada arbusto e pedra há um falângido, um escorpião ou uma cobra, e para lá do campo ficam as montanhas e o deserto. Uma gente estranha, uma natureza estranha, uma cultura lastimável; é, meu amigo, a coisa não é tão fácil quanto passear pela avenida Niévski de casaco de pele, de braços dados com Nadiéjda Fiódorovna e sonhar com lugares quentes. Aqui é preciso lutar até a morte, e que lutador sou eu? Um neurastênico lastimável, um imprestável... Logo no primeiro dia já vi que as minhas ideias sobre uma vida de trabalho e o tal do vinhedo não valiam um tostão. E quanto ao amor, devo lhe dizer que morar com uma mulher que leu Spencer e foi com você até o fim do mundo é tão desinteressante quanto morar com uma Anfissa ou Akulina[5] qualquer. É o mesmo cheiro de ferro de passar, de talco e de remédios, são os mesmos papelotes de cabelo toda manhã e é o mesmo autoengano...

— Não há lar que viva sem ferro — disse Samóilenko, enrubescendo por Laiévski falar com ele tão francamente sobre uma mulher conhecida. — Você não está de bom humor hoje, Vânia, dá para notar. Nadiéjda Fiódorovna é uma mulher maravilhosa, instruída, você é um homem de uma inteligência extraordinária... Claro, vocês não são casados na igreja — continuou Samóilenko, olhando de soslaio para as

[4] Medida igual a 1,09 hectare. (N. da T.)

[5] Nomes típicos de camponesas. (N. da T.)

mesas vizinhas —, mas isso não é culpa de vocês, e além do mais... é preciso deixar os preconceitos de lado e estar à altura das ideias modernas. Eu mesmo sou a favor do casamento civil, sim... Mas, na minha opinião, já que se juntaram, é preciso então viver assim até a morte.

— Sem amor?

— Já me explico — disse Samóilenko. — Há uns oito anos o agente marítimo daqui era um velhinho, homem de uma inteligência extraordinária. Pois bem, ele sempre dizia: na vida em família o mais importante é a paciência. Está ouvindo, Vânia? Não é o amor, mas a paciência. O amor não tem como durar muito tempo. Você viveu dois anos de amor, e agora, ao que parece, a sua vida familiar entrou naquele período em que, para manter, por assim dizer, o equilíbrio, você tem de usar toda a sua paciência...

— Pode acreditar no seu agente velhote, mas para mim o conselho dele é um disparate. O seu velhinho era capaz de ser hipócrita, de exercitar a paciência vendo a pessoa que ele não amava como um objeto necessário aos seus exercícios, mas eu ainda não caí tanto; se eu quiser exercitar a paciência, compro pesos de ginástica ou um cavalo manhoso, mas o ser humano eu deixo em paz.

Samóilenko mandou que trouxessem vinho branco com gelo. Quando cada um tinha bebido o seu copo, Laiévski perguntou de repente:

— Me diga, por favor: o que significa amolecimento cerebral?

— É, como posso explicar... uma doença, em que o cérebro fica mais mole... como que se liquefaz.

— Tem cura?

— Sim, se a doença não estiver avançada. Duchas frias, emplastro... e também algumas coisas para tomar.

— Sei... Então, veja só qual é a minha situação. Com ela não posso viver: isso está acima das minhas forças. Aqui, com você, eu fico filosofando e rindo, mas em casa desanimo completamente. Fico tão agoniado que, se alguém me dissesse que eu devo continuar a viver com ela, nem que fosse por mais um mês, acho que eu daria um tiro na testa. E ao mesmo tempo não é possível me separar. Ela é sozinha, não sabe trabalhar, nem ela nem eu temos dinheiro... O que será dela? Para onde iria? Não consigo pensar em nada... Então, me diga: o que fazer?

— Hm... — balbuciou Samóilenko sem saber o que responder. — Ela ama você?

— Sim, me ama na medida em que, com a idade e o temperamento que tem, precisa de um homem. Para ela seria tão difícil separar-se de mim quanto do seu talco ou dos papelotes. Eu sou para ela um componente necessário do seu *boudoir*.

Samóilenko encabulou-se.

— Vânia, você não está de bom humor hoje — disse. — Não deve ter dormido...

— Sim, dormi mal... Em geral, amigo, tenho me sentido mal. Um vazio na cabeça, o coração que para, uma fraqueza... É preciso fugir!

— Para onde?

— Para lá, para o norte. Em direção aos pinheiros, aos cogumelos, às pessoas, às ideias... Daria metade da vida para estar agora na província de Moscou ou de Tula, tomar um banho de rio, ficar com frio, sabe, depois vagar por umas três horas com o estudante mais ruinzinho e ficar papeando, papeando... Ah, que cheiro de feno! Lembra? E à noite, quando você passeia pelo jardim, chegam da casa os sons do piano, ouve-se o trem passar...

Laiévski riu de prazer, lágrimas brotaram nos seus olhos e, para escondê-las, ele, sem sair do lugar, esticou o braço até a mesa vizinha para pegar os fósforos.

— Quanto a mim, já faz dezoito anos que não vou à

Rússia — disse Samóilenko. — Até esqueci como é lá. Aliás, para mim, nem existe lugar mais magnífico que o Cáucaso.

— Verescháguin[6] tem um quadro: no fundo de um poço muito profundo penam uns condenados à morte. É exatamente assim, como esse poço, que eu vejo o seu magnífico Cáucaso. Se eu tivesse que escolher: ser um limpador de chaminés em Petersburgo ou ser o príncipe daqui, pegaria o lugar de limpador de chaminés.

Laiévski ficou pensativo. Observando seu corpo recurvado, os olhos fixos num ponto, o rosto pálido e suado e as têmporas fundas, as unhas roídas e o chinelo que, solto no calcanhar, revelava uma meia mal cerzida, Samóilenko sentiu pena e, talvez porque Laiévski lhe lembrasse uma criança desamparada, perguntou:

— A sua mãe é viva?

— Sim, mas nós estamos rompidos. Ela não conseguiu me perdoar por essa relação.

Samóilenko gostava do amigo. Via em Laiévski um sujeito simples, um estudante, um boa-praça com quem se podia beber e rir e conversar de coração aberto. Samóilenko não gostava nem um pouco daquilo que chegava a entender sobre Laiévski. O amigo bebia muito e fora de hora, jogava cartas, desprezava o serviço, vivia acima dos seus meios, costumava usar expressões chulas nas conversas, andava de chinelo na rua e brigava com Nadiéjda Fiódorovna na frente de estranhos — e disso Samóilenko não gostava. Mas o fato de Laiévski ter um dia estudado na faculdade de Letras, assinar agora duas revistas grossas,[7] falar muitas vezes de forma tão

[6] Vassili Vassílievitch Verescháguin (1835-1909), pintor russo. (N. da T.)

[7] Revistas com um número considerável de páginas, continham seções de literatura, política e ciência, como *Sovremiénnik* [O Contemporâneo] e *Otiétchestvennie Zapíski* [Anais da Pátria]. No século XIX, tiveram

inteligente que só poucos o compreendiam, viver com uma mulher culta — tudo isso estava além do entendimento de Samóilenko e disso ele gostava, considerava Laiévski superior a si mesmo e o respeitava.

— Mais um detalhe — disse Laiévski, sacudindo a cabeça. — Mas isto agora fica entre nós. Por enquanto estou escondendo de Nadiéjda Fiódorovna, não vá abrir o bico na frente dela... Anteontem eu recebi uma carta, dizendo que o marido dela morreu de amolecimento cerebral.

— Que Deus o tenha... — suspirou Samóilenko. — E por que você está escondendo isso dela?

— Mostrar a carta para ela significaria: "vamos para a igreja nos casar!". Mas é preciso antes esclarecer a nossa relação. Quando ela se convencer de que não podemos continuar a viver juntos, eu mostro a carta. Aí não haverá perigo.

— Sabe de uma coisa, Vânia? — disse Samóilenko, e seu rosto de repente adquiriu uma expressão de tristeza e súplica, como se ele fosse pedir algo que queria muito e tivesse medo que recusassem. — Case, meu querido!

— Para quê?

— Cumpra o seu dever perante essa mulher maravilhosa! O marido dela morreu, e assim a Providência lhe mostra o que fazer!

— Mas compreenda, criatura, que isso é impossível. Casar sem amor é tão baixo e indigno do ser humano quanto rezar a missa sem crer.

— Mas você tem a obrigação!

— Por que é que tenho a obrigação? — perguntou Laiévski irritado.

— Porque você a tirou do marido e a tomou sob a sua responsabilidade!

um papel importante na disseminação de ideias políticas e filosóficas entre a *intelligentsia* russa, sobretudo na província. (N. da T.)

— Mas estou lhe dizendo com todas as letras: eu não a amo!

— Bom, se não há amor, então respeite, mime...

— Respeite, mime... — zombou Laiévski. — Como se ela fosse uma madre superiora... Você é mau psicólogo e fisiólogo se pensa que, vivendo com uma mulher, é possível se safar só com respeito e mimo. Mais que tudo, uma mulher quer saber é do quarto de dormir.

— Vânia, Vânia... — encabulou-se Samóilenko.

— Você é uma velha criança e um teórico, e eu, um jovem velho e prático, e nós jamais nos entenderemos. É melhor parar essa conversa por aqui. Mustafá! — gritou Laiévski para o criado. — Quanto devemos?

— Não, não... — assustou-se o doutor, agarrando Laiévski pela mão. — Eu que pago. Fui eu que pedi. Ponha na minha conta! — gritou para Mustafá.

Os amigos se levantaram e saíram andando em silêncio pelo cais. Na entrada para o bulevar pararam e apertaram as mãos em despedida.

— Vocês são muito mimados, meus senhores! — suspirou Samóilenko. — O destino lhe manda uma mulher jovem, bonita, culta, e você, você recusa; agora, se Deus me desse uma velhinha toda torta, mas carinhosa e bondosa, como eu ficaria contente! Eu viveria com ela no meu vinhedo e...

Samóilenko caiu em si e disse:

— E mandaria a bruxa velha cuidar do samovar.

Ao despedir-se de Laiévski, Samóilenko seguiu pelo bulevar. Quando vinha descendo assim, todo corpulento, majestoso, com uma expressão grave no rosto, de farda branca feito neve e botas impecavelmente engraxadas, estufando o peito em que reluzia um Vladímir com laço,[8] nessa hora gostava muito de si e lhe parecia que todo o mundo o observava

[8] Condecoração militar. (N. da T.)

com prazer. Sem virar a cabeça, dava olhadas para o lado e achava que o bulevar estava bastante bem organizado, que os jovens ciprestes, os eucaliptos e as palmeiras feias e anêmicas eram muito bonitos e com o tempo dariam uma larga sombra, que os circassianos eram um povo honesto e hospitaleiro. "É estranho que Laiévski não goste do Cáucaso", pensava, "muito estranho." Encontrou cinco soldados com fuzis que lhe bateram continência. Do lado direito do bulevar, sobre a calçada, passou a esposa de um funcionário junto com o filho, um colegial.

— Mária Konstantínovna, bom dia! — gritou Samóilenko, sorrindo amavelmente. — Foram tomar banho? Ha-ha-ha... Lembranças a Nikodim Aleksándritch!

E seguiu adiante, continuando a sorrir amavelmente, mas, ao ver um enfermeiro militar que vinha em sua direção, de repente ficou sisudo, mandou que parasse e perguntou:

— Tem alguém na enfermaria?

— Ninguém, Vossa Excelência.

— Hein?

— Ninguém, Vossa Excelência.

— Tudo bem, pode ir...

Balançando-se majestosamente, foi em direção à barraca de limonada, onde, atrás do balcão, ficava uma judia velha de peito grande, que se passava por georgiana, e disse muito alto, como se desse ordens a um regimento:

— Uma soda, por gentileza!

II

O desamor de Laiévski por Nadiéjda Fiódorovna se manifestava especialmente no fato de que tudo o que ela dizia ou fazia lhe parecia mentira ou quase mentira, e tudo o que ele havia lido contra as mulheres e o amor parecia-lhe caber perfeitamente nele mesmo, em Nadiéjda Fiódorovna e no marido dela. Quando chegou em casa, ela, já vestida e penteada, estava sentada à janela e, com expressão preocupada, tomava uma xícara de café e folheava uma revista grossa, e ele pensou que tomar café não é afinal um acontecimento tão notável, pelo qual valha a pena fazer uma expressão preocupada, e que ela gastara tempo à toa com o penteado da moda, pois aqui não havia nem a quem agradar, nem motivos para fazê-lo. Também a revista lhe pareceu uma mentira. Pensou que Nadiéjda Fiódorovna se vestia e se penteava para parecer bonita, e lia para parecer inteligente.

— Tudo bem se eu for tomar banho de mar hoje? — perguntou ela.

— Ora... Se você for ou deixar de ir, não é isso que vai causar um terremoto, eu acho...

— Não, eu só pergunto porque o médico pode ficar bravo.

— Então pergunte ao médico. Eu não sou médico.

Desta vez, o que mais aborreceu Laiévski em Nadiéjda Fiódorovna foi o pescoço branco, nu, e os cachos de cabelo na nuca; lembrou que Anna Kariênina, quando deixou de amar o marido, detestava mais do que tudo as suas orelhas, e Laiévski pensou: "Como isso é certeiro! Como é certeiro!". Sentindo uma fraqueza e um vazio na cabeça, foi para o gabinete, deitou-se no sofá e cobriu o rosto com um lenço para que as moscas não o importunassem. Pensamentos frouxos e arrastados, sempre sobre a mesma coisa, começaram a passar lentamente pelo seu cérebro, como um comboio comprido numa noite chuvosa de outono, e ele caiu num estado de sonolência e opressão. Parecia-lhe que era culpado diante de Nadiéjda Fiódorovna e seu marido, e que era culpa sua o marido ter morrido. Parecia-lhe que era culpado diante da própria vida, que ele estragara, diante do mundo das ideias elevadas, do saber e do trabalho, e tinha a impressão de que esse mundo maravilhoso era possível e real, mas não aqui, à beira-mar, onde vagueiam turcos famintos e abecásios preguiçosos, e sim lá, no norte, onde estão a ópera, os teatros, os jornais e todo tipo de trabalho intelectual. Ser honesto, inteligente, elevado e puro só era possível lá, não aqui. Acusava a si mesmo de não ter ideais, uma ideia norteadora na vida, ainda que agora tivesse apenas uma vaga noção do que isso podia significar. Dois anos atrás, quando se apaixonara, parecia-lhe que bastava se juntar a Nadiéjda Fiódorovna e partir com ela para o Cáucaso, e estaria a salvo da vulgaridade e do vazio da vida; agora, mais uma vez tinha certeza de que bastava deixar Nadiéjda Fiódorovna e partir para Petersburgo, e teria tudo de que precisava.

— Fugir! — murmurou, sentando-se e roendo as unhas. — Fugir!

Sua imaginação desenhava-o pegando o navio e depois tomando o café da manhã, bebendo cerveja gelada e conversando no convés com as damas; depois, em Sevastópol, pegava o trem e seguia adiante. Bom dia, liberdade! As estações passam uma atrás da outra, o ar torna-se cada vez mais frio e cortante, lá vêm as bétulas e os pinheiros, lá vem Kursk,

Moscou... Nas cafeterias servem sopa de repolho, cordeiro com trigo sarraceno, esturjão, cerveja; em uma palavra, não é essa Ásia daqui, é a Rússia, a verdadeira Rússia. No trem, os passageiros falam sobre comércio, os novos cantores, as simpatias franco-russas;[9] em toda parte, vê-se uma vida intensa, culta, inteligente, animada. Mais rápido, mais rápido! E finalmente o Niévski, depois a Bolchaia Morskaia, e agora a travessa Kóvenski, onde há tempos ele morou entre estudantes, e o querido céu cinza, a garoa fina, os cocheiros molhados...

— Ivan Andréitch! — alguém chamou do cômodo vizinho. — O senhor está em casa?

— Estou aqui! — respondeu Laiévski. — O que foi?

— A papelada!

Laiévski levantou-se com preguiça e foi para o cômodo vizinho, sentindo tontura, bocejando e arrastando os chinelos. Era um de seus jovens colegas de trabalho, parado na rua diante da janela aberta e dispondo os papéis oficiais sobre o parapeito.

— Já vai, meu rapaz — disse Laiévski suavemente e foi procurar o tinteiro; ao voltar à janela, assinou os papéis sem ler e disse: — Que calor!

— Sim, senhor. O senhor virá hoje?

— É pouco provável... Estou um tanto indisposto... Meu rapaz, diga a Chechkóvski que vou passar na casa dele depois do almoço.

O funcionário partiu. Laiévski deitou-se de novo no sofá do gabinete e começou a pensar:

"Então, é preciso pesar todas as circunstâncias e refletir. Antes de ir embora daqui, tenho que quitar as dívidas. Estou

[9] Em 1891 começaram as negociações para o estabelecimento da Aliança Franco-Russa (1892-1917), acordo de cooperação militar, econômica e financeira entre as duas potências. (N. da T.)

devendo cerca de dois mil rublos. Não tenho dinheiro... É claro que isso não tem importância; dou um jeito de pagar uma parte agora, e a outra eu mando de Petersburgo depois. O principal é Nadiéjda Fiódorovna... Antes de tudo, precisamos esclarecer a nossa relação... Sim."

Pouco depois ele refletia: não seria melhor ir até Samóilenko e pedir um conselho?

"Posso até ir", pensava, "mas qual é a vantagem? Vou falar outra vez fora de hora sobre *boudoir*, mulheres, sobre o que é honesto ou desonesto. Mas que diabo é isso de falar sobre o honesto e o desonesto, quando é preciso salvar a minha vida o quanto antes, quando estou sufocando e me matando neste maldito cativeiro?... É preciso compreender, afinal, que continuar levando uma vida como a minha é tão vil e cruel que, diante disso, todo o resto fica pequeno e insignificante. Fugir!", balbuciava, sentando-se. "Fugir!"

A orla vazia do mar, o calor implacável e a monotonia das montanhas cinza e lilás, sempre iguais e silenciosas, sempre solitárias, infundiam-lhe angústia e pareciam entorpecê-lo e roubar-lhe alguma coisa. Talvez fosse muito inteligente, talentoso, excepcionalmente honesto; talvez, se o mar e as montanhas não o cercassem por todos os lados, chegasse a ser um excelente líder de um *ziémstvo*,[10] um homem de Estado, um orador, um publicista, um pioneiro. Quem sabe?! Nesse caso, não seria uma tolice ficar pensando se é honesto ou desonesto um sujeito talentoso e útil — por exemplo, um músico ou um pintor — quebrar a parede e enganar os carcereiros para fugir do cativeiro? Na situação desse sujeito, tudo é honesto.

Às duas horas Laiévski e Nadiéjda Fiódorovna sentaram-se para almoçar. Quando a cozinheira serviu sopa de arroz com tomates, Laiévski disse:

[10] Grêmios de administração local. (N. da T.)

— Todo dia a mesma coisa. Não daria para fazer *schi*?[11]

— Não tem repolho.

— Engraçado. Na casa de Samóilenko se prepara *schi* com repolho, e também na de Mária Konstantínovna tem *schi*, só eu, por algum motivo, sou obrigado a comer essa lavagem adocicada. Assim não dá, pombinha.

Antes, nenhum almoço de Laiévski e Nadiéjda Fiódorovna se passava sem caprichos e cenas, como acontece com a imensa maioria dos casais, mas desde que decidira que já não a amava mais, Laiévski tentava ceder em tudo, falava suavemente com Nadiéjda Fiódorovna, sorria e chamava-a de pombinha.

— Essa sopa tem gosto de alcaçuz — disse, sorrindo; fazia um esforço para parecer amável, mas não se conteve e disse: — Aqui ninguém cuida da casa... Se você está tão doente ou ocupada com a leitura, então deixe que cuido eu da cozinha.

Antes ela teria dito: "pode cuidar" ou "quer dizer que, por você, eu viro uma cozinheira", mas agora apenas olhou tímida e corou.

— Então, como você se sente hoje? — perguntou ele carinhosamente.

— Hoje estou bem. Só um pouco de fraqueza.

— Você precisa se cuidar, pombinha. Tenho muito medo por você.

Nadiéjda Fiódorovna tinha alguma doença. Samóilenko dizia que ela tinha febre intermitente e lhe dava quinino; por sua vez, o outro médico, Ustimóvitch, um homem alto, magro, arredio, que de dia ficava em casa e à noite, com as mãos para trás e a bengala rente às costas, passeava calmamente pelo cais e tossia — Ustimóvitch achava que era uma doença de mulher e receitava compressas quentes. Antes, quando

[11] Sopa de repolho. (N. da T.)

Laiévski ainda a amava, a doença de Nadiéjda Fiódorovna causava-lhe pena e medo, mas agora até na doença via uma mentira. O rosto amarelo e sonolento, o olhar apático e os bocejos que Nadiéjda Fiódorovna dava após os acessos de febre, além do fato de que, durante os acessos, ficava deitada sob uma manta e parecia mais um garoto que uma mulher, e que o seu quarto era abafado e cheirava mal — tudo isso, na opinião de Laiévski, destruía a ilusão e era um protesto contra o amor e o casamento.

Como segundo prato, serviram-lhe espinafre com ovos cozidos e para Nadiéjda Fiódorovna, na condição de doente, *kissel*[12] com leite. Quando ela, com uma expressão preocupada, primeiro tocou no *kissel* com a colher e depois começou a comê-lo preguiçosamente, bebendo o leite em seguida, Laiévski foi tomado de um ódio tão pesado ao ouvir aqueles goles que a sua cabeça começou até a coçar. Compreendia que um sentimento assim seria ofensivo até em relação a um cachorro, mas estava irritado não consigo mesmo, e sim com Nadiéjda Fiódorovna, por provocar nele tal sentimento; entendia por que os amantes às vezes matam as suas amadas. Ele mesmo não mataria, é claro, mas se agora mesmo fosse membro de um júri, absolveria o assassino.

— *Merci*, pombinha — disse após o almoço, e beijou Nadiéjda Fiódorovna na testa.

Ao chegar ao gabinete, andou uns cinco minutos para cima e para baixo, olhando de soslaio para as botas, depois sentou-se no sofá e murmurou:

— Fugir, fugir! Esclarecer a relação e fugir!

Deitou-se no sofá e lembrou novamente que o marido de Nadiéjda Fiódorovna talvez tivesse morrido por sua culpa.

"É tolice acusar alguém por se apaixonar e depois deixar de amar", persuadia-se, deitado, erguendo as pernas para

[12] Xarope de sumo de frutas engrossado com fécula. (N. da T.)

calçar as botas. "O amor e o ódio não estão sob o nosso controle. E quanto ao marido, pode ser que indiretamente eu tenha sido uma das causas de sua morte, mas, de novo, por acaso tenho culpa de ter me apaixonado pela mulher dele e ela por mim?"

Em seguida, levantou-se e, depois de achar o quepe, foi para a casa do colega Chechkóvski, onde os funcionários se reuniam todo dia para jogar *vint*[13] e beber cerveja gelada.

"Estou parecendo Hamlet com essa minha indecisão", pensava Laiévski no caminho. "Como é certeira a observação de Shakespeare! Ah, como é certeira!"

[13] Jogo de cartas surgido na Rússia nos anos 1870. É uma combinação do uíste e do *préférence*. (N. da T.)

III

Para escapar do tédio e acudir a extrema carência dos recém-chegados, que, pela falta de um hotel na cidade, não tinham onde almoçar, o doutor Samóilenko mantinha na sua casa uma espécie de *table d'hôte*.[14] Na época em questão, apenas duas pessoas faziam ali suas refeições: o jovem zoólogo Von Koren, que no verão vinha para o mar Negro estudar a embriologia das águas-vivas, e o diácono Pobiédov, recém-saído do seminário e enviado à cidadezinha para cumprir as obrigações do velho diácono, que viajara para tratar da saúde. Ambos pagavam doze rublos por mês por almoço e jantar, e Samóilenko os fizera prometer que sempre chegariam para o almoço pontualmente às duas horas.

Via de regra, o primeiro a chegar era Von Koren. Sentava-se em silêncio na sala, pegava um álbum da mesa e começava a observar com atenção fotos desbotadas de homens desconhecidos, de calças largas e cartola, e damas de crinolina e touca; Samóilenko só lembrava de poucos pelo sobrenome e, a respeito dos que havia esquecido, dizia, suspirando: "Pessoa maravilhosa, de uma inteligência extraordinária!". Ao terminar o álbum, Von Koren pegava da estante uma pistola e, apertando o olho esquerdo, mirava longamente o re-

[14] Espécie de restaurante em que se serve apenas uma refeição a preço fixo. (N. do T.)

trato do Príncipe Vorontsov,[15] ou então parava diante do espelho e observava o próprio rosto moreno, a testa grande e os cabelos pretos e cacheados, como os de um negro, a camisa de chita opaca com flores grandes, que lembrava um tapete persa, e o cinto largo de couro que usava no lugar do colete. A autocontemplação lhe causava um prazer quase maior que o exame das fotos ou da pistola de acabamento precioso. Ficava muito satisfeito com o seu rosto e com a barbicha belamente aparada, os ombros largos, que eram uma prova evidente de boa saúde e robusta compleição física. Ficava satisfeito também com o traje de janota, a começar pela gravata, que combinava com a cor da camisa, terminando com os sapatos amarelos.

A essa altura, enquanto Von Koren olhava o álbum e ficava em pé diante do espelho, Samóilenko ia e vinha entre a cozinha e a entrada da casa, sem casaca e sem colete, o peito nu, todo inquieto e pingando de suor; agitava-se perto das mesas, preparando uma salada, um molho qualquer, ou então a carne, os pepinos e a cebola para a *okróchka*,[16] e, ao fazê-lo, arregalava com raiva os olhos para o ordenança que o ajudava, e brandia ora uma faca, ora uma colher.

— Me passe o vinagre! — mandava. — Quer dizer, não o vinagre, o azeite! — gritava, batendo os pés. — Mas para onde você vai, sua besta?

— Pegar o azeite, Vossa Excelência — dizia o ordenança aturdido, com uma voz rachada de tenor.

— Mais rápido! Está no armário! E diga a Dária que

[15] Príncipe Mikhail Vorontsov (1782-1856), herói militar russo. Destacou-se durante as guerras napoleônicas e a conquista do Cáucaso, onde foi governador e comandante-chefe das tropas. (N. da T.)

[16] Sopa fria, composta de vegetais cortados e *kvas*, bebida fermentada à base de pão de centeio. (N. da T.)

ponha mais endro no vidro com os pepinos! Endro! Cubra o creme azedo, seu paspalhão, senão vai encher de moscas!

E essa gritaria parecia fazer a casa inteira zumbir. Quando faltavam dez ou quinze minutos para as duas, chegava o diácono, um jovem de uns 22 anos, magro, cabelo comprido, sem barba e com um bigode que mal se notava. Ao entrar na sala, fazia o sinal da cruz diante do ícone, sorria e estendia a mão para Von Koren.

— Boa tarde — dizia o zoólogo com frieza. — Onde o senhor esteve?

— No cais, pescando gobiões.

— Mas é claro... Pelo visto, diácono, o senhor jamais vai trabalhar.

— Por que não? Trabalho não é urso, não foge para a floresta — dizia o diácono, sorrindo e enfiando as mãos nos bolsos profundos da sua sotaina branca.

— Falta alguém que lhe dê uma surra! — suspirava o zoólogo.

Passavam mais quinze, vinte minutos, mas ninguém chamava para almoçar e ainda se podia ouvir o ordenança correndo entre a entrada e a cozinha, batendo com as botas no chão e Samóilenko gritando:

— Ponha na mesa! Onde você está enfiando? Lave primeiro!

O diácono e Von Koren, famintos, começavam a bater com os saltos, expressando assim sua impaciência, feito espectadores na galeria do teatro. Finalmente, a porta se abria e o ordenança, exausto, anunciava: "está na mesa!". Samóilenko recebia-os na sala de jantar, roxo, suado por causa do calor da cozinha e irritado; olhava com raiva, levantava a tampa da sopeira com uma expressão de terror no rosto e servia um prato para cada um; só quando tinha certeza de que comiam com apetite e gostavam, é que suspirava aliviado e sentava-se em sua poltrona funda. Seu rosto tornava-se lânguido, voluptuoso. Sem pressa, enchia para si um copinho de vodca e dizia:

— À saúde da nova geração!

Depois da conversa com Laiévski e apesar do humor excelente, Samóilenko sentia um certo peso no fundo da alma, desde a manhã até agora; tinha pena de Laiévski e queria ajudá-lo. Depois de tomar seu copo de vodca antes da sopa, suspirou e disse:

— Encontrei hoje Vânia Laiévski. Difícil a vida do rapazinho. O lado material não é consolador, mas o principal é o psicológico, que está acabando com ele. Dá pena do moço.

— Se tem alguém que não me dá pena, é ele! — disse Von Koren. — Se esse homem simpático estivesse se afogando, eu ainda o empurraria com um pau: vá fundo, meu caro, vá fundo...

— Mentira. Você não faria isso.

— Por que não? — o zoólogo deu de ombros. — Sou tão capaz de uma boa ação quanto você.

— Por acaso afogar uma pessoa é uma boa ação? — perguntou o diácono e riu.

— Se for Laiévski? Sim.

— Parece que está faltando alguma coisa na *okróchka*... — disse Samóilenko, querendo mudar de conversa.

— Sem dúvida, Laiévski é nocivo e tão perigoso para a sociedade quanto o micróbio do cólera — continuava Von Koren. — Afogá-lo seria um ato digno de reconhecimento.

— Não é honrado falar assim sobre um próximo. Diga: por que você o odeia?

— Não diga besteira, doutor. Odiar e desprezar um micróbio é tolice, e considerar como próximo o primeiro que aparecer, custe o que custar, sem qualquer distinção, significa não raciocinar, não ser justo com as pessoas, em uma palavra, lavar as mãos — isso não, muito obrigado. Eu considero o seu Laiévski um canalha, não escondo isso e o trato como um canalha, com toda a minha boa-fé e dedicação. E você o considera um próximo — então, beije-o; você o considera um próximo, quer dizer, você o trata como a mim e ao diácono, ou seja, você não tem consideração por ninguém. Você é igualmente indiferente a todos.

— Chamar um homem de canalha! — murmurou Samóilenko, fazendo cara de repulsa. — Isso é tão feio que não tenho nem palavras!

— Julga-se uma pessoa por seus atos — continuou Von Koren. — Agora julgue o senhor, diácono... Vamos conversar nós dois, diácono. As atividades do senhor Laiévski desdobram-se abertamente diante do senhor, como um longo rolo de papel chinês, e é possível lê-lo do início ao fim. O que ele fez nesses dois anos em que vive aqui? Vamos contar nos dedos. Primeiro, ensinou os habitantes dessa cidadezinha a jogar *vint*; dois anos atrás esse jogo era desconhecido por aqui, mas agora todos jogam *vint* da manhã até tarde da noite, todos, até as mulheres e os adolescentes; em segundo lugar, ensinou os moradores a beber cerveja, que também não era conhecida por aqui; esses moradores devem a ele também as informações sobre diversos tipos de vodca, a ponto de agora poderem distinguir de olhos fechados a vodca Kocheliov da Smirnov nº 21. Em terceiro lugar, antes aqui só se vivia com a esposa alheia às escondidas, pelo mesmo motivo que leva os ladrões a roubar às escondidas e não abertamente; o adultério era uma coisa que se tinha vergonha de expor ao olhar de todos; Laiévski foi um pioneiro nesse sentido: ele vive abertamente com a esposa alheia. Em quarto lugar...

Von Koren terminou rapidamente a *okróchka* e devolveu o prato ao ordenança.

— Vi quem era Laiévski logo no primeiro mês em que nos conhecemos — continuou, voltando-se para o diácono. — Chegamos aqui na mesma época. Pessoas como ele gostam muito de amizade, de aproximação, solidariedade e assim por diante, porque sempre precisam de companhia para o *vint*, a bebida e os petiscos; além do mais, são tagarelas, e precisam de ouvintes. Ficamos amigos, quer dizer, todo dia ele zanzava pela minha casa, atrapalhava o trabalho e fazia confidências sobre a amante. Logo no início fiquei surpreso com a quantidade inacreditável de mentiras, que simplesmente me davam ânsia de vômito. Na qualidade de amigo, eu o censurava: por que bebe tanto, por que vive acima dos seus meios e faz dívidas, por que não faz nada e não lê, por que não se cultiva e sabe tão pouco — e em resposta a todas as minhas perguntas ele sorria com amargura, suspirava e dizia: "Sou um fracassado, um homem supérfluo", ou "O que o senhor quer de nós, destroços da servidão?",[17] ou "Estamos em extinção...". Ou começava ainda aquela conversa furada sobre Oniéguin, Petchórin, o Caim de Byron, Bazárov,[18] dos quais dizia: "São nossos pais de carne e espírito". Vocês devem concluir que o culpado não é ele se os pacotes oficiais ficam semanas sem ser abertos, se ele mesmo bebe e vicia os outros; os culpados disso são Oniéguin, Petchórin e Turguêniev, que inventou o fracassado e o homem supérfluo. O motivo da extrema indecência e sem-vergonhice, vejam só, não está nele, mas fora, em algum lugar no espaço. E além do mais — que esperteza! — não é só ele que é promíscuo, mentiroso e asqueroso, mas nós... "nós, a geração dos anos oitenta", "nós, a raça frouxa e neurótica da servidão", "nós fomos mutilados pela civilização"... Numa palavra, todos nós devemos entender que um grande homem como Laiévski é gran-

[17] A servidão foi abolida na Rússia apenas em 1861. (N. da T.)

[18] Oniéguin, personagem do romance em versos de Púchkin *Ievguêni Oniéguin*; Petchórin, protagonista do romance de Liérmontov *O herói de nosso tempo*; Caim, personagem da peça homônima de Byron; Bazárov, personagem principal de *Pais e filhos*, de Turguêniev. (N. da T.)

de até na queda; que a promiscuidade, a ignorância e a sujeira são um fenômeno natural e histórico, consagrado pela necessidade, que as causas em jogo são universais e que precisamos acender uma lamparina diante de Laiévski, pois ele é uma vítima fatal da época, do espírito do século, da hereditariedade e de tudo o mais. Ao ouvi-lo, todos os funcionários e as senhoras faziam *ahs* e *ohs*, e eu por muito tempo não conseguia entender com quem estava lidando: um cínico ou um malandro espertalhão? Sujeitos como ele, aparentemente cultos, um pouquinho educados e que falam muito sobre o próprio espírito nobre, sabem se fazer passar por seres extremamente complexos.

— Cale a boca! — irritou-se Samóilenko. — Não vou permitir que falem mal de um homem nobilíssimo na minha presença!

— Não me interrompa, Aleksandr Davíditch — disse Von Koren friamente. — Já vou terminar. Laiévski é um organismo bastante simples. Eis o seu esqueleto moral: pela manhã, chinelos, banho e café; depois, até o almoço, chinelos, caminhada e conversas; às duas horas, chinelos, almoço e vinho; às cinco horas, banho, chá e vinho, depois *vint* e mentiras; às dez horas, jantar e vinho e após a meia-noite sono e *la femme*. A sua existência está contida nesse estreito programa, como na casca de um ovo. Não importa se ele anda, fica sentado, irrita-se, escreve ou se alegra — tudo se resume a vinho, cartas, chinelos e mulher. A mulher tem um papel fatídico e decisivo na vida dele. Ele mesmo conta que aos treze anos já estava apaixonado; quando cursava o primeiro ano, vivia com uma senhora, que tinha sobre ele uma influência benéfica e à qual deve a sua educação musical. No segundo ano resgatou de uma casa de tolerância uma prostituta, e a elevou ao seu próprio nível, ou seja, fez dela a sua concubina; mas ela viveu seis meses com ele e fugiu de volta para a madame, e essa fuga causou a Laiévski uma grande dor na alma. Infelizmente, sofreu tanto que teve que deixar a universidade e viver por dois anos em casa, sem fazer nada. Mas foi melhor assim. Em casa ele se juntou com uma viúva, que o aconselhou a deixar a faculdade de direito e entrar para a de filologia. Foi o que fez. Ao terminar o curso apaixonou-se perdidamente por essa fulana de agora... como se chama mesmo?... a casada... e teve que fugir com ela para cá, para o Cáucaso, supostamente atrás de ideais... Hoje ou amanhã vai deixar de amá-la e fugirá de volta para Petersburgo, sempre atrás dos ideais.

— E você, como é que você sabe? — resmungou Samóilenko, olhando com raiva o zoólogo. — É melhor você comer.

Serviram tainhas cozidas com molho polonês. Samóilenko serviu uma tainha inteira para cada um dos convivas. Cerca de dois minutos se passaram em silêncio.

— A mulher tem papel essencial na vida de todo homem — disse o diácono. — Não há nada a fazer.

— Sim, mas em que medida? Para cada um de nós a mulher é mãe, irmã, esposa, amiga, mas para Laiévski ela é tudo, e ao mesmo tempo é só a amante. Ela, isto é, o concubinato com ela, é a felicidade e o objetivo da vida; se ele fica alegre, triste, desanimado, decepcionado, é por causa da mulher; a vida tornou-se abominável, a culpa é da mulher; raiou a manhã de uma nova vida, apareceram os ideais, pode procurar uma mulher aí também... Só se dá por satisfeito com textos ou quadros em que há mulher... Na sua opinião, a nossa época é ruim, e pior que os anos quarenta ou sessenta, apenas porque não sabemos nos entregar completamente ao êxtase amoroso e à paixão. Esses depravados devem ter no cérebro uma certa excrescência, alguma espécie de sarcoma, que pressiona o cérebro e comanda toda a psique. Experimente observar Laiévski quando está em sociedade. Note: quando em sua presença se levanta uma questão geral qualquer, por exemplo, sobre uma pequena célula ou um instinto, ele fica de lado, cala-se e não ouve; tem um jeito lânguido, desiludido, nada é interessante para ele, tudo é vulgar e desprezível, mas basta começar a falar de machos e fêmeas, de como, por exemplo, entre as aranhas, a fêmea devora o macho depois da fecundação — seus olhos ficam cheios de curiosidade, o rosto se ilumina, numa palavra, o homem ressuscita. Todos os seus pensamentos, não importa quão nobres, elevados ou indiferentes, chegam sempre ao mesmo ponto. Você está andando com ele na rua e encontra, digamos, um burro... "Diga, por favor — ele pergunta — o que acontece se cruzarmos uma burra com um camelo?" E os sonhos! Ele já contou os sonhos para vocês? É maravilhoso! Ora ele sonha que o casaram com a lua, ora que é chamado à polícia e o mandam viver com um violão...

O diácono caiu na risada; Samóilenko fez cara de bravo para não rir, mas não resistiu e também caiu na risada.

— Tudo mentira! — disse, enxugando as lágrimas. — Juro que é mentira!

IV

O diácono era muito risonho e por qualquer ninharia ria até sentir dor na barriga, até cair. Parecia que gostava de encontrar pessoas apenas porque tinham algum lado engraçado e ele podia dar apelidos engraçados a elas. Apelidou Samóilenko de tarântula, seu ordenança de pato, e ficou exultante quando, certa vez, Von Koren xingou Laiévski e Nadiéjda Fiódorovna de "macacada". Olhava com avidez para os rostos, ouvia sem piscar, e dava para ver seus olhos se enchendo de riso e o rosto se retesando à espera do momento em que poderia se soltar e cair na gargalhada.

— É um sujeito depravado e degenerado — continuava o zoólogo, enquanto o diácono cravava nele os olhos à espera de palavras engraçadas. — É difícil encontrar tamanha nulidade. Ele é mole, débil e gasto de corpo, e, quanto ao intelecto, não difere em nada de uma mercadora[19] gorda, que só se empanturra, bebe, dorme num colchão de plumas e mantém o cocheiro como amante.

O diácono desatou a rir novamente.

— Não ria, diácono — disse Von Koren —, afinal, não tem graça nenhuma. Eu não teria percebido como ele é nulo — continuou, depois de esperar o diácono parar de rir —, eu teria passado ao largo, não fosse ele tão nocivo e perigoso. É nocivo, em primeiro lugar, porque faz sucesso com as mulhe-

[19] Esposa de mercador, um estamento na Rússia tsarista. (N. da T.)

res e, dessa forma, ameaça ter prole, ou seja, dar ao mundo uma dúzia de Laiévskis, tão débeis e degenerados quanto ele. Em segundo lugar, ele é altamente contagioso. Já lhes falei sobre o *vint* e a cerveja. Mais um ano ou dois, e ele conquistará toda a costa caucasiana. Os senhores sabem até que ponto as massas, principalmente a camada média, acredita no que é culto, na formação acadêmica, na nobreza dos modos e na eloquência. Não importa a torpeza que ele cometa, todo mundo acredita que o que ele faz é bom, que deve ser assim mesmo, já que ele é um homem culto, liberal, que estudou na universidade. Além do mais, é um fracassado, um homem supérfluo, um neurastênico, uma vítima dos tempos, e isso significa que tem desculpa para tudo. É um sujeito amável, boa-praça, condescendente de todo coração com as fraquezas humanas; é afável, fácil, dócil, não é orgulhoso, com ele se pode beber, soltar o verbo e fofocar... As massas, que sempre tendem ao antropomorfismo na religião e na moral, gostam mais do que tudo daqueles ídolos que têm as mesmas fraquezas que elas. Julguem, então, como é vasto o campo que ele tem para contaminar! Além do mais, é um ator razoável e um hipócrita esperto, que sabe perfeitamente onde a coisa pega. Olhem só as suas manhas e truques; por exemplo, a sua visão da civilização. Ele não sentiu nem o cheiro da civilização e no entanto: "Ah, como fomos mutilados pela civilização! Ah, como tenho inveja desses selvagens, desses filhos da natureza que não conhecem a civilização!". É preciso entender, vejam só, que um dia, em tempos idos, ele se dedicou de corpo e alma à civilização, serviu a ela, conheceu-a integralmente, mas ela o cansou, desiludiu, enganou; ele é, vejam só, um Fausto, o segundo Tolstói... E quanto a Schopenhauer e Spencer, ele os trata com familiaridade, como se fossem garotos, e lhes dá tapinhas paternais no ombro: e aí, Spencer, meu irmão? Nunca leu Spencer, é claro, mas como sabe às vezes ser encantador, quando, com uma ironia leve e descuidada, diz sobre a sua senhora: "Ela leu Spencer!". E dão ouvidos a ele, e ninguém quer entender que esse charlatão não só não tem o direito de falar de Spencer nesse tom, como nem sequer de beijar a sola do sapato de Spencer! Só mesmo um animal muito presunçoso, baixo e ignóbil é capaz de minar a civilização, as sumidades e o altar alheio, cobri-los de lama, enquanto dá piscadelas de bufão, e tudo isso só para justificar e esconder a própria debilidade e indigência moral.

— Não sei, Kólia,[20] o que você quer dele — disse Samóilenko, olhando para o zoólogo não mais com raiva, e sim com culpa. — É uma pessoa como qualquer outra. Tem lá suas fraquezas, é claro, mas está à altura das ideias modernas, trabalha, é útil à pátria. Dez anos atrás o agente marítimo aqui era um velhinho, pessoa de uma inteligência extraordinária... Então, ele dizia...

— Basta, basta! — interrompeu o zoólogo. — Você diz: ele trabalha. Mas trabalha como? Por acaso as coisas andam mais organizadas, os funcionários mais diligentes, honestos e educados depois que ele veio para cá? Muito pelo contrário, com sua autoridade de homem culto, saído da universidade, ele apenas sancionou o desleixo geral. Ele só é diligente no dia vinte de cada mês, quando recebe o ordenado, enquanto nos outros dias só faz arrastar os chinelos pela casa e tentar dar ao rosto aquela expressão de quem está fazendo um grande favor para o governo russo de morar no Cáucaso. Não, Aleksandr Davíditch, não interceda por ele. Você não está sendo nada sincero. Se realmente gostasse dele e o considerasse um próximo, você, para começar, não seria indiferente às fraquezas dele, não seria complacente, mas, para o próprio bem dele, tentaria neutralizá-lo.

[20] Diminutivo de Nikolai. (N. da T.)

— Como assim?

— Neutralizá-lo. Já que é incorrigível, existe apenas uma maneira de neutralizá-lo...

Von Koren passou o dedo pelo pescoço.

— Ou afogá-lo, talvez... — acrescentou. — Devia ser permitido exterminar pessoas assim, no interesse da humanidade e delas mesmas. Sem falta.

— O que você está dizendo?! — balbuciou Samóilenko, levantando-se e olhando pasmo para o rosto calmo e frio do zoólogo. — Diácono, o que ele está dizendo? Mas você está louco?

— Eu não insisto na pena de morte — disse Von Koren. — Se está provado que ela é nociva, então inventem outra coisa. Se não se pode exterminar Laiévski, então o isolem, anulem, mandem prestar serviços comunitários...

— O que você está dizendo? — horrorizou-se Samóilenko. — Com pimenta, com pimenta! — gritou desesperado, ao notar que o diácono comia sem pimenta as abobrinhas recheadas. — Você, um homem de uma inteligência extraordinária, o que está dizendo?! Mandar o nosso amigo, um homem orgulhoso, culto, prestar serviços comunitários!

— E se ele é orgulhoso e tentar resistir — a ferros!

Samóilenko já não conseguia mais dizer nenhuma palavra e apenas movia os dedos: o diácono olhou para o seu rosto estupefato e realmente engraçado e desatou a rir.

— Vamos encerrar o assunto — disse o zoólogo. — Lembre-se apenas de uma coisa, Aleksandr Davíditch: a humanidade primitiva se protegia de seres como Laiévski, usando a luta pela sobrevivência e a seleção; agora, porém, nossa cultura enfraqueceu significativamente a luta e a seleção, e somos nós que devemos cuidar do extermínio dos débeis e dos inúteis, senão, quando os Laiévskis se multiplicarem, a civilização vai perecer e a humanidade vai se degradar completamente. Os culpados seremos nós.

— Se for para afogar e enforcar seres humanos — disse Samóilenko —, que vá para o inferno a sua civilização, que vá para o inferno a humanidade! Pro inferno! Olhe o que vou lhe dizer: você é um homem sapientíssimo, de uma inteligência extraordinária, é o orgulho da pátria, mas os alemães o estragaram. Sim, os alemães! Os alemães!

Desde que deixara Derpt,[21] onde havia estudado medicina, Samóilenko raramente encontrava alemães e não lera nenhum livro alemão, mas, na sua opinião, era dos alemães que vinha todo o mal na política e na ciência. Nem ele mesmo podia dizer como surgira essa opinião, mas agarrava-se firmemente a ela.

— Sim, os alemães! — repetiu mais uma vez. — Vamos tomar chá.

Os três se levantaram e, pondo os chapéus, passaram ao jardim e ali sentaram-se à sombra de pálidos bordos, pereiras e de uma castanheira. O zoólogo e o diácono sentaram-se no banco perto da mesinha, enquanto Samóilenko afundou na cadeira de vime, que tinha o encosto largo e inclinado. O ordenança serviu chá, geleia e uma garrafa com xarope.

Fazia muito calor, uns trinta graus à sombra. O ar abrasador estava parado, imóvel, e uma longa teia de aranha se estendia da castanheira até o chão, pendendo débil, sem se mexer.

O diácono pegou o violão, que ficava sempre no chão ao lado da mesa, afinou-o e começou a cantar bem baixo, com uma vozinha fina “Os mancebos do seminário estavam parados na porta do botequim”, mas em seguida, por causa do calor, calou-se, enxugou o suor da testa e olhou para o céu azul e quente. Samóilenko cochilou; por causa da quentura, do silêncio e do doce torpor após o almoço, que rapidamen-

[21] Cidade universitária localizada no território da Estônia; atual Tartu. (N. da T.)

te apoderou-se de todos os seus membros, ele ficou mole e embriagado; os braços pendiam, os olhos estreitavam-se, a cabeça começou a pender sobre o peito. Olhou com uma ternura chorosa para Von Koren e o diácono e murmurou:

— A nova geração... Uma estrela da ciência e um lume da igreja... Olha que esse moleque de batina ainda vira arcebispo. Se bobear, um dia vamos beijar sua mãozinha... Pois é... queira Deus...

Logo se ouviu o ronco. Von Koren e o diácono terminaram de beber o chá e saíram para a rua.

— O senhor vai de novo pescar gobiões no cais? — perguntou o zoólogo.

— Não, muito calor.

— Vamos para minha casa. Lá, o senhor empacota uma remessa e copia algumas coisas. Aliás, aproveitamos para conversar sobre o que o senhor poderia fazer. É preciso trabalhar, diácono. Assim não dá.

— Suas palavras são justas e lógicas — disse o diácono —, mas a minha preguiça encontra uma desculpa nas circunstâncias da minha vida atual. O senhor mesmo sabe que uma situação indefinida é um estímulo considerável para a apatia das pessoas. Só Deus sabe se fui enviado para cá provisoriamente ou para sempre; vivo aqui na incerteza, enquanto a minha diaconisa vegeta enfadada na casa do pai. Além do que, para falar a verdade, por causa do calor o meu cérebro derreteu.

— Tudo bobagem — disse o zoólogo. — É possível acostumar-se com o calor, é possível acostumar-se sem a diaconisa. Não se deve ser irresponsável. É preciso manter o prumo.

V

Pela manhã, Nadiéjda Fiódorovna foi tomar banho de mar, e atrás dela, com um jarro, uma bacia de cobre, lençóis e uma esponja, seguia a cozinheira Olga. No ancoradouro estavam atracados dois navios desconhecidos, com chaminés brancas e sujas, provavelmente cargueiros de outro país. Uns homens de branco, com sapatos brancos, andavam pelo cais e gritavam alto alguma coisa em francês, e dos navios vinha a resposta. Na pequena igreja da cidade os sinos tocavam animadamente.

"Hoje é domingo!", lembrou com prazer Nadiéjda Fiódorovna.

Ela se sentia completamente saudável e estava de bom humor, como se fosse dia de festa. De vestido novo e largo, feito de um tussor grosseiro, bom para roupa de homem, e com um grande chapéu de palha, de abas largas rebatidas sobre as orelhas, de forma que o rosto parecia estar dentro de uma caixinha, ela se achava um encanto. Pensava que em toda a cidade havia uma única mulher jovem, bonita e culta — ela mesma, e que só ela sabia se vestir sem gastar muito, com elegância e gosto. Por exemplo, este vestido custou apenas 22 rublos — mas que encanto! Em toda a cidade só ela era atraente; e homens havia muitos; portanto todos eles, quisessem ou não, deviam invejar Laiévski.

Alegrava-a que nos últimos tempos Laiévski andasse frio, que fosse de uma polidez distante, às vezes até insolente e grosseiro com ela; antes, a todos os seus excessos e olhares desdenhosos, frios ou estranhos e incompreensíveis, ela teria respondido com lágrimas, censuras e ameaças de deixá-lo ou se matar de fome, mas agora apenas corava, olhava-o com culpa e ficava contente por ele não ser carinhoso. Se ele a xingasse ou ameaçasse, seria ainda melhor e mais agradável, já que ela se sentia culpada da cabeça aos pés em relação a ele. Achava que tinha culpa, em primeiro lugar, porque não compartilhava os seus sonhos de uma vida de trabalho, pela qual ele deixara Petersburgo e viera ao Cáucaso, e tinha certeza de que era por isso que ele andava bravo com ela nos últimos tempos. Quando partira para o Cáucaso, ela achava que já no primeiro dia encontraria aqui, perto do mar, um cantinho discreto, um pequeno jardim acolhedor com sombra, pássaros e riachos, onde poderia plantar flores e legumes, criar patos e galinhas, receber os vizinhos, cuidar dos mujiques pobres e distribuir livros para eles; mas descobriu que o Cáucaso são montanhas calvas, florestas e vales enormes, onde é preciso gastar tempo buscando um terreno, tomando providências, construindo; aqui não há vizinhos, faz muito calor e há o risco de ser assaltado a qualquer hora. Laiévski não se apressava em adquirir um lote; isso a deixava contente, e os dois como que tinham feito um acordo tácito de jamais mencionar a vida de trabalho. Ele mantinha o silêncio, o que significava, pensava Nadiéjda Fiódorovna, que estava bravo por ela manter o silêncio.

Em segundo lugar, nesses dois anos ela pegara, sem o conhecimento dele, umas besteirinhas no valor de uns trezentos rublos na loja de Atchmiánov. Fora pegando aos poucos, ora tecido, ora seda, ora um guarda-chuva, até que, sem perceber, fizera essa dívida.

"Hoje sem falta eu conto...", decidiu, mas imediatamente compreendeu que, com o humor atual de Laiévski, talvez não fosse uma boa ideia falar de dívidas.

Em terceiro lugar, na ausência de Laiévski, já recebera duas vezes Kirílin, o delegado de polícia: uma vez pela manhã, quando Laiévski fora tomar banho de mar, e a outra vez à meia-noite, quando ele jogava cartas. Tendo lembrado disso, Nadiéjda Fiódorovna sentiu o sangue subir e virou-se para a cozinheira, como que com medo de que a outra ouvisse os seus pensamentos. Os dias longos, insuportavelmente quentes e tediosos, as maravilhosas tardes lânguidas, as noites abafadas, e toda essa vida, quando da manhã até a noite não se sabe em que gastar o tempo inútil, e a ideia obsessiva de que ela era a mulher mais bonita e jovem da cidade e que a sua juventude estava passando em vão, e o próprio Laiévski, honesto, comprometido com ideias elevadas, mas monótono, sempre arrastando os chinelos, roendo as unhas e aborrecendo com os seus caprichos, fizeram com que ela pouco a pouco fosse tomada pelos desejos e, como uma louca, só pensasse numa coisa, dia e noite. A respiração, os olhares, o tom de voz e o jeito de andar, tudo nela era desejo; o barulho do mar lhe dizia que é preciso amar, a escuridão da noite dizia o mesmo, as montanhas — o mesmo... E, quando Kirílin começou a cortejá-la, ela não teve força nem vontade, não conseguiu se opor e se entregou a ele...

Agora, por algum motivo, os navios estrangeiros e os homens de branco fizeram-na pensar num imenso salão; misturados à conversa em francês, sons de valsa começaram a soar nos seus ouvidos, e seu peito estremeceu com uma alegria sem motivo. Teve vontade de dançar e de falar francês.

Com alegria, dava-se conta de que não havia nada de terrível na sua traição. A alma não participara da traição. Ela continuava a amar Laiévski, e isso era evidente, pois tinha ciúme e pena dele, sentia sua falta quando ele não estava em casa. Kirílin, por sua vez, mostrou não ter nada de especial, era um tanto grosseiro, apesar de bonito, com ele estava tudo rompido e não haveria mais nada. O que passou, passou, e ninguém tem nada com isso, e, mesmo que fique sabendo, Laiévski não irá acreditar.

À beira-mar havia apenas uma cabine para as damas; os homens, por sua vez, tomavam banho a céu aberto. Ao entrar na cabine, Nadiéjda Fiódorovna encontrou ali uma mulher de meia-idade, Mária Konstantínovna Bitiugova, esposa de um funcionário, e sua filha Kátia, de quinze anos, uma ginasiana; as duas estavam sentadas no banquinho e tiravam a roupa. Mária Konstantínovna era uma criatura bondosa, impressionável e delicada, que falava de maneira arrastada e afetada. Até os 32 anos fora governanta, depois casou com o funcionário Bitiugov, um homem miúdo e calvo, que penteava os cabelos sobre as têmporas e era muito pacato. Até hoje estava apaixonada por ele, tinha ciúmes, corava com a palavra "amor" e jurava a todos que era muito feliz.

— Minha cara! — disse exaltada ao ver Nadiéjda Fiódorovna, dando ao rosto uma expressão que todos os conhecidos chamavam de amanteigada. — Querida, que bom que veio! Vamos tomar banho juntas — que encantador!

Olga tirou rapidamente o vestido e a camisa e começou a despir a patroa.

— Hoje o tempo não está tão quente como ontem, não é verdade? — disse Nadiéjda Fiódorovna, encolhendo-se sob o toque rude da cozinheira nua. — Ontem eu quase morri de tão abafado que estava.

— Ah, sim, minha querida! Eu mesma quase morri de falta de ar. Você acredita que ontem eu tomei banho três vezes... imagine só, querida, três vezes! Até Nikodim Aleksándritch ficou preocupado.

"Mas como podem ser tão feias?", pensou Nadiéjda Fiódorovna, olhando para Olga e para a esposa do funcionário. Olhou para Kátia e pensou: "A menina é bem-feita".

— O seu Nikodim Aleksándritch é um amor! — disse ela. — Estou simplesmente apaixonada por ele.

— Ha-ha-ha! — riu Mária Konstantínovna a contragosto. — Que adorável!

Livre da roupa, Nadiéjda Fiódorovna sentiu vontade de voar. E teve a sensação de que, se erguesse os braços, com certeza alçaria voo. Despida, reparou que Olga olhava com asco para o seu corpo branco. Olga, uma jovem mulher de soldado, vivia com o legítimo esposo e por isso considerava-se melhor e superior a ela. Nadiéjda Fiódorovna sentia também que Mária Konstantínovna e Kátia não a respeitavam e tinham medo dela. Aquilo era incômodo, e para se elevar aos olhos delas, disse:

— Lá em Petersburgo, o veraneio está no auge. Eu e o meu marido temos tantos conhecidos! Não seria mal fazer uma visita.

— O seu marido, se não me engano, é engenheiro? — perguntou timidamente Mária Konstantínovna.

— Estou falando de Laiévski. Ele tem muitos conhecidos. Mas infelizmente a mãe dele, uma aristocrata orgulhosa, obtusa...

Nadiéjda Fiódorovna não terminou de falar e se jogou na água; atrás dela foram entrando Mária Konstantínovna e Kátia.

— Há muitos preconceitos na alta sociedade — continuou Nadiéjda Fiódorovna —, e a vida não é tão fácil quanto parece.

Mária Konstantínovna, que fora governanta em famílias aristocráticas e entendia de alta sociedade, disse:

— Ah, sim! Minha querida, você acredita que na casa dos Garatinski, tanto no café da manhã como no almoço, se exigia rigor na toalete, de forma que eu, além do ordenado, recebia ainda para as roupas? Como se fosse uma atriz!

Ela parou entre Nadiéjda Fiódorovna e Kátia, como que protegendo a filha da água que banhava a outra. Pela portinhola aberta, que saía para o mar, via-se alguém nadando a uns cem passos da cabine.

— Mamãe, é o nosso Kóstia! — disse Kátia.

— Oh, oh! — cacarejou Mária Konstantínovna, assustada. — Oh! Kóstia — gritou —, volte! Kóstia, volte!

Kóstia, garoto de uns quatorze anos, para vangloriar-se da própria coragem diante da mãe e da irmã, mergulhou e foi nadando para mais longe, mas cansou e voltou rápido, e pelo seu rosto sério e tenso podia-se ver que não acreditava nas próprias forças.

— Que desgraça são esses garotos, querida! — disse Mária Konstantínovna, acalmando-se. — Qualquer hora dessas ele quebra o pescoço. Ah, querida, como é bom e ao mesmo tempo como é difícil ser mãe! A gente tem medo de tudo.

Nadiéjda Fiódorovna pôs o chapéu de palha e avançou para fora, mar adentro. Nadou umas quatro braças e virou de costas. Podia ver o horizonte, os navios, as pessoas na orla, a cidade, e tudo isso, junto com o calor e as delicadas ondas transparentes, excitava-a e sussurrava que era preciso viver, viver... Um barco a vela passou ao lado, veloz, cortando de forma enérgica as ondas e o ar; o homem que estava sentado ao leme olhava-a, e ela sentia prazer em ser olhada...

Depois do banho, as senhoras se vestiram e foram andando juntas.

— Tenho febre dia sim, dia não, e no entanto não emagreço — dizia Nadiéjda Fiódorovna, passando a língua nos lábios, salgados por causa do banho, e respondendo com um sorriso às saudações dos conhecidos. — Sempre fui encorpada e agora parece que fiquei mais ainda.

— Isso depende da predisposição, querida. Se alguém não tem a tendência a engordar, como eu, não há comida que ajude. Mas repare, querida, o seu chapéu ficou molhado.

— Não tem problema, depois seca.

Nadiéjda Fiódorovna viu de novo os homens de branco que andavam pelo cais e falavam francês, e, por algum motivo, uma alegria estremeceu de novo o seu peito, e lhe veio uma vaga lembrança de um grande salão onde um dia dançara ou que talvez tivesse visto em sonho. E alguma coisa bem no fundo de sua alma lhe sussurrava obscura e imprecisamente que ela era uma mulher mesquinha, vulgar, reles, desprezível...

Mária Konstantínovna parou diante do portão e a convidou a entrar um pouquinho.

— Entre, minha cara! — disse com voz de súplica, ao mesmo tempo em que olhava para Nadiéjda Fiódorovna com aflição e esperança: quem sabe ela recusa e não entra?!

— Com muito prazer — concordou Nadiéjda Fiódorovna. — A senhora sabe como gosto de visitá-la!

E entrou. Mária Konstantínovna a fez sentar, trouxe café, serviu pãezinhos doces, depois mostrou-lhe fotografias de suas antigas pupilas — as senhoritas Garatinski, que já estavam casadas — e mostrou também as notas dos exames de Kátia e Kóstia; as notas eram muito boas, mas, para que parecessem ainda melhores, ela se queixou, com um suspiro, de como ficara difícil estudar no ginásio hoje em dia... Cuidava da visita e, ao mesmo tempo, tinha pena dela e sofria com a ideia de que a presença de Nadiéjda Fiódorovna pudesse ter má influência sobre a moral de Kóstia e Kátia, e estava feliz que o seu Nikodim Aleksándritch não estivesse em casa. Pois, na sua opinião, já que todos os homens gostavam "dessas", Nadiéjda Fiódorovna podia ser má influência também para Nikodim Aleksándritch.

Conversando com a visita, Mária Konstantínovna lembrava o tempo todo que hoje à noite haveria um piquenique e que Von Koren pedira com insistência para não contar isso à "macacada", ou seja, a Laiévski e a Nadiéjda Fiódorovna, mas sem querer ela falou mais do que devia. Então corou e disse encabulada:

— Espero que vocês venham também!

VI

Combinaram de tomar o rumo sul, sete verstas[22] além da cidade, parar na confluência de dois rios — o Negro e o Amarelo —, perto do *dukhan*,[23] e preparar ali uma sopa de peixe. Saíram pouco depois das cinco. À frente de todos, no charabã, iam Samóilenko e Laiévski, e atrás deles, numa carruagem atrelada a uma troica, Mária Konstantínovna, Nadiéjda Fiódorovna, Kátia e Kóstia, que levavam a louça e uma cesta com os mantimentos. Na carruagem seguinte iam o delegado Kirílin, o jovem Atchmiánov, filho do tal comerciante a quem Nadiéjda Fiódorovna estava devendo trezentos rublos, e, no banquinho de frente para eles, encolhido, as pernas dobradas, Nikodim Aleksándritch, miúdo, arrumadinho, com os cabelos puxadinhos sobre as têmporas. Atrás de todo mundo iam Von Koren e o diácono; o diácono levava aos pés uma cesta de peixe.

— Direeita! — gritava Samóilenko a plenos pulmões quando surgia no caminho um carro de boi ou um abecásio montado num burro.

— Daqui a uns dois anos, quando já tiver os meios e uma equipe, eu saio numa expedição — contava Von Koren ao diácono. — Vou seguir pelo litoral de Vladivostok até o Estreito de Bering e depois até a foz do Ienissei. Vamos fazer

[22] Unidade de medida equivalente a 1,067 km. (N. da T.)

[23] Pequeno restaurante ou estalagem, típico do Cáucaso. (N. da T.)

um mapa, estudar a fauna e a flora, além de nos ocupar seriamente com geologia e pesquisas antropológicas e etnográficas. Vem comigo ou não? A decisão é sua.

— É impossível — disse o diácono.

— Por quê?

— Sou um sujeito amarrado, tenho família.

— A diaconisa vai deixá-lo ir. Nós a proveremos de tudo. Para o bem de todos, seria ainda melhor se o senhor a convencesse a se ordenar; isso daria ao senhor a possibilidade de se ordenar também e vir com a expedição como hieromonge. Eu posso cuidar disso.

O diácono não dizia nada.

— O senhor é bom em teologia? — perguntou o zoólogo.

— Nem tanto.

— Hm... Não posso lhe dar qualquer instrução a esse respeito, porque eu mesmo conheço pouco de teologia. Me passe uma pequena lista de livros necessários, e no inverno eu os envio de Petersburgo para o senhor. O senhor terá também que ler os escritos dos clérigos viajantes; alguns até que são bons etnólogos e peritos em línguas orientais. Conhecendo o estilo deles, será mais fácil para o senhor começar. E enquanto os livros não chegam, não perca tempo à toa, venha me visitar e vamos nos ocupar com a bússola, estudar meteorologia. Tudo isso é indispensável.

— Sei, sei... — balbuciou o diácono e riu. — Eu pedi um posto na Rússia central, e o meu tio arcipreste prometeu me dar uma mãozinha. Se eu for com o senhor, terei incomodado meu tio à toa.

— Eu não entendo essa sua hesitação. Se continuar sendo um simples diácono que reza a missa só nos dias de festa, e nos outros dias descansa do trabalho, daqui a dez anos o senhor vai permanecer tal como é agora, e se tiver alguma coisa a mais, vai ser apenas bigode e barbicha, enquanto que, passados esses mesmos dez anos, de volta da expedição, o senhor será um outro homem, com a consciência de ter realizado alguma coisa.

Do carro das mulheres ouviram-se gritos de pavor e êxtase. Os carros iam por uma estrada escavada numa ribanceira rochosa, quase vertical, e todos tinham a impressão de estar andando por uma prateleira pendurada numa parede alta e de que a qualquer momento os carros iriam despencar no abismo. À direita estendia-se o mar, à esquerda havia uma muralha irregular, marrom com manchas pretas, veios vermelhos e rizomas rastejantes; e acima, curvadas como de medo e curiosidade, coníferas frondosas olhavam para baixo. Um minuto depois, mais gritaria e risadas: tiveram que passar por baixo de uma enorme pedra suspensa.

— Não entendo por que diabos estou indo com vocês — disse Laiévski. — Isso é besta e banal! Tenho que ir para o norte, fugir, me salvar, mas, por algum motivo, estou indo para este piquenique idiota.

— Mas veja só que vista! — disse Samóilenko quando os cavalos viraram à esquerda, e surgiu o vale do rio Amarelo, e o próprio rio cintilou. — Turvo, amarelo, desvairado...

— Não vejo nada de bom nisso, Sacha[24] — respondeu Laiévski. — Ficar o tempo todo admirando a natureza demonstra pobreza de imaginação. Comparados com o que a minha imaginação pode me dar, todos esses riachos e rochas são uma porcaria e nada mais.

As carruagens já iam pela beira do rio. As margens altas e escarpadas pouco a pouco se aproximavam, o vale se estreitava e mais adiante parecia virar um desfiladeiro; a montanha pedregosa junto à qual passavam fora composta pela natureza com enormes pedras, que se comprimiam com uma força tão assustadora que, sempre que olhava para elas, Sa-

[24] Diminutivo de Aleksandr. (N. da T.)

móilenko grunhia sem querer. Aqui e acolá a montanha sombria e bela era cortada por fendas e desfiladeiros estreitos, dos quais chegava até os viajantes um ar de umidade e mistério; por entre os desfiladeiros podia-se ver outras montanhas, pardas, cor-de-rosa, lilás, cinza ou cobertas de luz intensa. Por vezes, quando passavam perto de um desfiladeiro, ouviam a água que caía do alto e batia nas pedras.

— Ah, malditas montanhas — suspirava Laiévski —, como estou farto delas!

Saindo da estrada, no lugar em que o rio Negro desaguava no Amarelo, e a água negra, que parecia nanquim, sujava a amarela e lutava com ela, ficava o *dukhan* do tártaro Kerbalai, com uma bandeira russa no telhado e um letreiro a giz: "Um *dukhan* agradável"; ao lado, rodeado por uma cerca de vime, havia um pequeno jardim, com mesas e bancos, e no meio de uma moita mirrada de espinhos elevava-se um único cipreste, escuro e belo.

Kerbalai, um tártaro baixinho e ágil, de camisa azul e avental branco, estava parado na estrada; segurando a barriga com as duas mãos, inclinava-se para as carruagens e, sorrindo, mostrava os dentes brancos e brilhantes.

— Olá, Kerbalaica! — gritou Samóilenko. — Vamos parar um pouco adiante, e você mande para lá um samovar e umas cadeiras! Ande, ligeiro!

Kerbalai assentiu com a cabeça de cabelos curtos e murmurou alguma coisa que só os que estavam na carruagem de trás puderam ouvir: "tem truta, Vossa Excelência".

— Mande, mande! — disse-lhe Von Koren.

Tendo se afastado uns quinhentos passos do *dukhan*, as carruagens pararam. Samóilenko escolheu uma clareirinha, onde se espalhavam pedras boas para se sentar e havia um pinheiro derrubado pela tempestade, com a raiz peluda para fora e os espinhos já amarelos e secos. Uma ponte de toras, pequena e vacilante, atravessava o rio naquele ponto, e, na outra margem, bem à frente, havia um pequeno celeiro sobre quatro estacas não muito altas, um secadouro para milho que lembrava o casebre sobre patas de galinha dos contos de fada;[25] da porta descia uma escadinha.

A primeira sensação de todos foi que nunca mais sairiam dali. Por todos os lados, não importava para onde se olhasse, assomavam e avançavam as montanhas, uma sombra noturna vinha chegando rápido, bem rápido dos lados do *dukhan* e do cipreste escuro, o vale estreito e tortuoso do rio Negro parecia ainda mais estreito, e as montanhas, mais altas. Ouvia-se o rio que resmungava e as cigarras que gritavam sem trégua.

— Que encantador! — disse Mária Konstantínovna, respirando fundo, em êxtase. — Crianças, vejam só que beleza! Que silêncio!

— Sim, de fato está uma beleza — concordou Laiévski, que gostou da vista e, por algum motivo, ficou triste ao olhar para o céu e depois para o fio azul de fumaça que saía da chaminé do *dukhan*. — Sim, está uma beleza! — repetiu.

— Ivan Andréitch, descreva essa vista! — disse chorosa Mária Konstantínovna.

— Para quê? — perguntou Laiévski. — Uma impressão vale mais do que qualquer descrição. Essa riqueza de cores e sons que recebemos da natureza por meio das impressões, os escritores a regurgitam de uma forma horrorosa e desfigurada.

— Será? — perguntou frio Von Koren, que tinha escolhido a maior pedra perto da água e tentava subir e sentar-se nela. — Será? — repetiu, encarando Laiévski. — E Romeu e

[25] Morada de Baba-Iagá, uma velha feiticeira da mitologia e do folclore eslavos. Sua casa tinha enormes pés de galinha, que permitiam sua locomoção. (N. da T.)

Julieta? E a noite da Ucrânia, do poema de Púchkin,[26] por exemplo? A natureza devia agradecer de joelhos.

— Talvez... — concordou Laiévski, que estava com preguiça de raciocinar e discutir. — Entretanto — disse pouco depois —, o que são na verdade Romeu e Julieta? O amor belo, poético, sagrado — são rosas sob as quais se tenta esconder a podridão. Romeu é um animal como todos os outros.

— Não importa o assunto, o senhor sempre reduz tudo a...

Von Koren virou-se para Kátia e não terminou a frase.

— Reduzo a quê? — perguntou Laiévski.

— Alguém diz, por exemplo: "como é belo este cacho de uvas!"; e o senhor: "sim, mas como fica feio depois de mastigado e digerido no estômago". Para que dizer isso? Não é nenhuma novidade, e além do que... que mania esquisita.

Laiévski sabia que Von Koren não gostava dele, por isso temia o zoólogo e na sua presença sentia como se todos tivessem menos espaço, como se houvesse alguém parado logo atrás dele... Não respondeu nada, afastou-se para o lado e lamentou ter vindo.

— Senhores, todos atrás de lenha para a fogueira! — ordenou Samóilenko.

Todos se dispersaram, cada qual para o seu lado, ficando apenas Kirílin, Atchmiánov e Nikodim Aleksándritch. Kerbalai trouxe cadeiras, estendeu um tapete no chão e deixou algumas garrafas de vinho. O delegado Kirílin, um homem alto e bonito, sempre usava um capote por cima do uniforme, não importava o tempo que fizesse. Por causa da postura altiva, do andar imponente e da voz grave e um tanto rouca, ele lembrava os chefes de polícia de província, aque-

[26] Referência ao canto segundo do poema *Poltava*, de Púchkin. (N. da T.)

les mais jovens. Tinha uma expressão sempre triste e sonolenta, como se tivessem acabado de acordá-lo a contragosto.

— O que foi que você trouxe, sua besta? — perguntou a Kerbalai, pronunciando devagar cada palavra. — Eu mandei você servir clarete, e o que foi que você trouxe, sua fuça de tártaro? Hein? Como?

— Temos muito vinho nosso, Iegor Alekséitch — observou Nikodim Aleksándritch, tímido e educado.

— Quê? Mas eu quero que haja vinho meu também. Estou participando do piquenique e presumo que tenho todo o direito de contribuir com a minha parte. Pre-su-mo! Traga dez garrafas de clarete!

— Para que tanto? — surpreendeu-se Nikodim Aleksándritch, sabendo que Kirílin não tinha dinheiro.

— Vinte garrafas! Trinta! — gritou Kirílin.

— Não tem problema, deixe — sussurrou Atchmiánov para Nikodim Aleksándritch —, eu pago.

Nadiéjda Fiódorovna estava de bom humor, alegre e travessa. Tinha vontade de pular, gargalhar, gritar, provocar, flertar. Com o vestido baratinho, de uma chita de manchinhas azuis, com os sapatinhos vermelhos e o mesmo chapéu de palha, ela se sentia pequenina, bem simples, leve e aérea, feito uma borboleta. Correu sobre a pontezinha vacilante e ficou olhando para a água por um minuto, até ficar tonta, depois deu um grito e, rindo, correu para o outro lado em direção ao secadouro, e tinha a impressão de que todos os homens, até Kerbalai, admiravam-na. Na escuridão que caía rapidamente, as árvores se confundiam com as montanhas, e os cavalos, com as carruagens; nas janelas do *dukhan* cintilou uma luz; seguindo uma trilha que serpenteava entre pedras e arbustos espinhosos, Nadiéjda Fiódorovna foi subindo a montanha e sentou-se numa pedra. Embaixo, a fogueira já ardia. Com as mangas arregaçadas, o diácono movia-se perto do fogo, e sua sombra, longa e negra, traçava um círculo ao redor da fogueira; ele ia pondo lenha e mexendo o cozido no caldeirão com uma colher amarrada a um pau comprido. Samóilenko, o rosto vermelho-cobre, agitava-se perto do fogo, como se estivesse na sua cozinha, e gritava feroz:

— Mas onde está o sal, senhores? Esqueceram, não foi? Todo mundo sentado aí, feito rei, e eu sozinho cuidando de tudo!

Laiévski e Nikodim Aleksándritch estavam sentados sobre a árvore derrubada, um ao lado do outro, e olhavam pensativos para o fogo. Mária Konstantínovna, Kátia e Kóstia tiravam das cestas a louça para chá e os pratos. Von Koren, os braços cruzados e um pé apoiado numa pedra, estava parado na margem, rente à água, pensando. Assim como as sombras, os reflexos vermelhos da fogueira moviam-se pelo chão junto às figuras humanas escuras, tremeluziam sobre as montanhas, as árvores, a ponte, o secadouro; do outro lado, a margenzinha íngreme e esburacada estava toda iluminada, cintilava e refletia-se no rio, e as águas rápidas e turbulentas retalhavam os reflexos.

O diácono foi pegar o peixe que Kerbalai estava limpando e lavando na margem, mas no meio do caminho parou e olhou em volta:

"Meu Deus, que beleza!", pensou. "As pessoas, as pedras, o fogo, o crepúsculo, uma árvore feiosa e nada mais — mas como isso é bom!"

Na outra margem, perto do secadouro, surgiu uma gente desconhecida. Por causa da luz que piscava e da fumaça da fogueira levada para o outro lado, não era possível ver todas essas pessoas de uma só vez; ora aparecia um gorro felpudo e uma barba grisalha, ora uma camisa azul, ora uns farrapos que desciam dos ombros até os joelhos e um punhal rente à barriga, ora um rosto jovem com sobrancelhas pretas, tão grossas e marcadas, que pareciam desenhadas a carvão.

Uns cinco homens sentaram-se em círculo no chão, e outros cinco foram até o secadouro. Um deles parou na entrada, de costas para a fogueira, as mãos para trás, e começou a contar alguma coisa; devia ser muito interessante, porque quando Samóilenko pôs mais lenha e a fogueira resplandeceu, jorrando faíscas e iluminando intensamente o secadouro, deu para ver que da porta, com profunda atenção, olhavam dois rostos, e que os homens sentados também se viraram e começaram a escutar. Pouco depois, os homens em círculo começaram a cantar baixinho alguma coisa arrastada, melodiosa, parecida com um cântico de quaresma.[27] Ao ouvi-los, o diácono imaginou-se dali a dez anos, quando voltasse da expedição: jovem hieromonge e missionário, autor de renome, com um passado esplêndido, ele é consagrado arquimandrita, depois bispo; está rezando a missa na catedral, sobe ao púlpito de mitra dourada e panagia,[28] abençoa a multidão com um triquírio e um diquírio[29] e proclama: "Oh Deus, volta-te, nós te rogamos, atende dos céus, e vê, e visita esta vide, é a videira que a tua destra plantou!".[30] E em resposta as crianças cantam com voz angelical: "Santo Deus"...

— Diácono, cadê o peixe? — ouviu-se a voz de Samóilenko.

De volta à fogueira, o diácono imaginou uma procissão passando por uma estrada poeirenta num dia quente de julho; na frente, os mujiques portam os gonfalões, as mulheres e moças levam os ícones, atrás vão os meninos cantores e o sacristão de bochecha inchada com restos de palha no cabe-

[27] A Páscoa é a principal festa do calendário ortodoxo, e a quaresma, mais longa e mais rígida que a católica, dura sete semanas. (N. da T.)

[28] Pequena imagem da Virgem usada no peito por bispos. (N. da T.)

[29] Candelabros de duas e de três velas, usados por bispos durante a missa. (N. da T.)

[30] Salmos, 80, 14-5. (N. da T.)

lo, depois, em ordem, ele mesmo, o diácono, o padre de solidéu e crucifixo, e uma multidão de mujiques, mulheres e garotos, levantando poeira; em meio à multidão vão também, de lencinho na cabeça, a mulher do padre e a diaconisa. Os cantores cantam, as crianças berram, as codornas gritam, a cotovia pia. Agora eles param e aspergem o rebanho com água benta... Seguem adiante e, de joelhos, pedem chuva. Depois os petiscos, as conversas...

"E isso também é bom...", pensou o diácono.

VII

Kirílin e Atchmiánov subiam a encosta pela trilha. Atchmiánov ficou para trás e parou, enquanto Kirílin se aproximava de Nadiéjda Fiódorovna.

— Boa noite! — disse ele, batendo continência.

— Boa noite.

— Pois não? — disse Kirílin, olhando pensativo para o céu.

— Pois não o quê? — perguntou Nadiéjda Fiódorovna após um breve silêncio, percebendo que Atchmiánov observava-os.

— Então, quer dizer — proferiu devagar o oficial — que o nosso amor murchou antes de florescer, digamos assim. Como devo compreender isso? Seria um gracejo da sua parte ou a senhora me considera um moleque que não precisa ser levado em consideração?

— Aquilo foi um erro! Deixe-me! — disse bruscamente Nadiéjda Fiódorovna, que nessa noite bela e deslumbrante olhava para ele com medo e perguntava-se: será que realmente houve um instante em que esse homem lhe agradou e foi tão próximo?

— Ah, sim! — disse Kirílin; ficou um tempo parado, em silêncio, pensou e disse: — Fazer o quê? Vamos esperar até o seu humor melhorar, mas por enquanto ouso assegurar-lhe que sou um homem honrado e não permitirei que ninguém duvide disso. Comigo ninguém brinca! *Adieu*!

Bateu continência e se afastou, metendo-se entre os arbustos. Pouco depois Atchmiánov aproximou-se indeciso.

— Noite bonita, hoje! — disse com um leve sotaque armênio.

Ele era bem-apessoado, vestia-se segundo a moda, portava-se com simplicidade, como um jovem bem-educado, mas Nadiéjda Fiódorovna não gostava dele porque estava devendo trezentos rublos ao seu pai; desagradava-lhe também que tivessem convidado um lojista para o piquenique, como lhe desagradava que ele a tivesse abordado exatamente naquela noite, quando havia tanta pureza em sua alma.

— De modo geral, o piquenique deu certo — disse ele, após um silêncio.

— Sim — concordou ela e, como se tivesse acabado de se lembrar da dívida, disse com displicência: — Ah, diga na sua loja que Ivan Andréitch vai passar nos próximos dias e pagar os... trezentos... ou seja lá quanto for.

— Eu daria mais trezentos, só para a senhora não ficar se lembrando todos os dias dessa dívida. Precisamos ser tão prosaicos?

Nadiéjda Fiódorovna achou graça; veio-lhe à cabeça o pensamento risível de que, se ela não tivesse princípios, e se lhe desse vontade, em um minuto poderia ficar livre da dívida. Se, por exemplo, fizesse esse jovem bobinho perder a cabeça! Como isso no fundo seria ridículo, bizarro, absurdo! E de repente teve vontade de fazê-lo se apaixonar, depená-lo, abandoná-lo para depois ver no que isso daria.

— Permita-me dar-lhe um conselho — disse Atchmiánov, tímido. — Eu lhe peço, tome cuidado com Kirílin. Em toda parte ele conta coisas horríveis sobre a senhora.

— Não estou interessada no que um idiota qualquer fala de mim — disse friamente Nadiéjda Fiódorovna; foi tomada por uma inquietação, e o pensamento engraçado de brincar com o jovem e belo Atchmiánov de repente perdeu a graça.

— Vamos descer — disse. — Estão chamando.

Embaixo, a sopa de peixe já estava pronta. Serviam-na em pratos e a tomavam com aquela solenidade que só há nos piqueniques; e todos achavam que a sopa estava deliciosa e que em casa eles jamais tinham comido algo tão bom. Como sempre acontece nos piqueniques, ficavam confusos com a grande quantidade de guardanapos, embrulhos, papéis inúteis e gordurosos arrastados pelo vento; não sabiam de quem era o copo e de quem era o pão, derramavam vinho no tapete e nos próprios joelhos, deixavam cair o sal, e ao redor já estava escuro e o fogo já não ardia tanto e cada um tinha preguiça de levantar e pôr mais lenha. Todos bebiam vinho, e até Kóstia e Kátia receberam meio copo cada. Nadiéjda Fiódorovna bebeu um copo, depois outro, ficou tonta e esqueceu-se de Kirílin.

— Um piquenique magnífico, uma noite encantadora — disse Laiévski, alegre por causa do vinho —, mas eu trocaria tudo isso por um belo inverno. "E a neve, poeira prateada, reluz na gola de pele de castor."[31]

— Gosto não se discute — observou Von Koren.

Laiévski ficou constrangido: o calor da fogueira lhe batia nas costas, e o ódio de Von Koren, no peito e no rosto; vindo de um homem honrado e inteligente, esse ódio, para o qual provavelmente havia uma boa razão, humilhava e enfraquecia Laiévski, e ele, sem forças para se opor, disse num tom de adulação:

— Sou apaixonado pela natureza e lamento não ser um naturalista. Tenho inveja do senhor.

[31] Verso extraído do romance *Ievguêni Oniéguin*, de Púchkin. (N. da T.)

— Já eu não lamento, nem tenho inveja — disse Nadiéjda Fiódorovna. — Não entendo como é possível se dedicar seriamente a mosquitos e insetos enquanto o povo sofre.

Laiévski era da mesma opinião. Não sabia absolutamente nada de ciências naturais e por isso jamais pudera conformar-se com o tom de sumidade e o ar sábio e meditabundo de quem se ocupava com anteninhas de formigas e patinhas de baratas. Sempre o irritava que essas pessoas se encarregassem de decidir questões que englobavam a origem e a vida do ser humano com base em anteninhas, patinhas e um tal de protoplasma (por algum motivo Laiévski sempre o imaginava como uma espécie de ostra). Mas nas palavras de Nadiéjda Fiódorovna ele ouviu uma mentira e respondeu, apenas para contradizê-la:

— O que importa não são os mosquitos, e sim as conclusões.

VIII

Era tarde quando começaram a subir nas carruagens para voltar para casa. Todos se sentaram, faltando apenas Nadiéjda Fiódorovna e Atchmiánov, que apostavam corrida e gargalhavam na outra margem do rio.

— Senhores, apressem-se! — gritou Samóilenko.

— Não se deve dar vinho às damas — disse baixo Von Koren.

Laiévski, fatigado por causa do piquenique, do ódio de Von Koren e dos próprios pensamentos, foi ao encontro de Nadiéjda Fiódorovna, e quando ela, alegre e radiante, sentindo-se leve como uma pequena pluma, sem fôlego, às gargalhadas, agarrou-o pelos dois braços e encostou a cabeça no peito dele, ele deu um passo atrás e disse severo:

— Você está se comportando como... uma cocote.

A frase saiu tão grosseira que Laiévski teve até pena dela. No seu rosto irritado e cansado Nadiéjda Fiódorovna leu ódio, pena, raiva de si mesmo, e de repente ela perdeu o ânimo. Compreendeu que tinha exagerado, que fora licenciosa demais e, sentindo-se triste, pesada, gorda, rude e embriagada, sentou-se junto com Atchmiánov na primeira carruagem livre que apareceu. Laiévski sentou-se com Kirílin, o zoólogo com Samóilenko, o diácono com as damas, e o comboio partiu.

— É assim que eles são, esses símios... — começou Von Koren, enrolando-se no casaco e fechando os olhos. — Você ouviu, ela não gostaria de se ocupar com mosquitos e insetos porque o povo está sofrendo. É assim que toda a macacada nos julga. Raça servil, dissimulada, amedrontada durante dez gerações pelo chicote e pela porrada; diante da violência ela treme, se enternece e canta louvores, agora deixe um símio entrar num território livre, onde não há ninguém que o pegue pelo cangote, aí ele desabrocha e diz a que veio. Olhe como é ousado nas exposições de pintura, nos museus, nos teatros ou quando discorre sobre a ciência: ele se ouriça, bate o pé, xinga, critica... Critica sem falta — é um traço servil! Repare só: as pessoas de profissões livres são xingadas com mais frequência que os trapaceiros — isso porque a sociedade é composta por três quartos de escravos, de símios desse tipo. Nunca acontece de um escravo lhe dar a mão e dizer um sincero obrigado por você trabalhar.

— Não sei o que você quer! — disse Samóilenko, bocejando. — A coitadinha, na sua simplicidade, quis conversar com você sobre alguma coisa inteligente, e você já vem com conclusões. Por alguma razão você está bravo com ele, e acaba sobrando para ela. Mas é uma mulher maravilhosa!

— Eh, basta! Uma reles concubina, depravada e vulgar. Escute, Aleksandr Davíditch, quando você encontra uma mulher qualquer, que não vive com o marido, não faz nada a não ser *he-he-he* e *ha-ha-ha*, você lhe diz: “Vá trabalhar!”. Por que, então, nesse caso você se acanha e tem medo de dizer a verdade? Só porque Nadiéjda Fiódorovna é sustentada por um funcionário público e não por um marujo?

— Mas o que você quer que eu faça? — irritou-se Samóilenko. — Devo bater nela ou o quê?

— Não bajular o vício. Amaldiçoamos o vício apenas pelas costas, e isso é como fazer figas com a mão metida no bolso. Eu sou zoólogo, ou sociólogo, o que é a mesma coisa, você é médico; a sociedade acredita em nós; temos a obrigação de lhe mostrar o enorme perigo que representa para ela e para as gerações futuras a existência de senhoras como essa Nadiéjda Ivánovna.

— Fiódorovna — corrigiu Samóilenko. — E o que a sociedade deve fazer?

— A sociedade? Isso é problema dela. Eu acho que o caminho mais direto e certeiro é a violência. *Manu militari*, ela deve ser enviada ao marido, e se o marido não aceitá-la, entregue aos trabalhos forçados ou a uma instituição de correção.

— Uff! — suspirou Samóilenko; ficou um tempo calado e perguntou baixinho: — Há uns dias você dizia que pessoas como Laiévski deviam ser exterminadas... Diga-me se, por acaso... vamos supor, se o Estado ou a sociedade incumbissem você de exterminá-lo, você... teria coragem?

— Sem titubear.

IX

Ao chegar em casa, Laiévski e Nadiéjda Fiódorovna entraram nos cômodos escuros, abafados e maçantes. Os dois estavam calados. Laiévski acendeu uma vela, Nadiéjda Fiódorovna sentou-se e, sem tirar o manto e o chapéu, olhou para ele com tristeza e culpa.

Ele compreendeu que ela esperava uma explicação, mas explicar-se seria maçante, inútil e cansativo; além do mais, sentia um peso na alma por não ter se controlado e dito uma grosseria. Sem querer, tateou no bolso a carta que todo dia pretendia ler para ela e pensou que, se a mostrasse agora, desviaria a atenção para outro assunto.

"Já está na hora de esclarecer a nossa relação", pensou. "Vou dar agora; o que tiver de ser, será."

Tirou e entregou a carta.

— Leia. Isso diz respeito a você.

Tendo dito isso, foi ao gabinete e se deitou sobre o sofá no escuro, sem travesseiro. Nadiéjda Fiódorovna leu a carta e teve a sensação de que o teto ficara mais baixo e as paredes, muito próximas. De repente tudo ficou apertado, escuro e assustador. Ela fez três vezes o sinal da cruz, bem rápido, e pronunciou:

— Que descanse em paz... que descanse em paz...

E começou a chorar.

— Vânia! — chamou. — Ivan Andréitch!

Não houve resposta. Pensando que Laiévski tivesse entrado e parado atrás da cadeira dela, ela soluçava como uma criança e dizia:

— Por que você não me disse antes que ele morreu? Eu não teria ido ao piquenique, não teria gargalhado daquele jeito horrível... Os homens me diziam vulgaridades. Que pecado, que pecado! Salve-me, Vânia, salve-me... Estou louca... Estou perdida...

Laiévski ouvia os soluços. Aquilo era insuportavelmente asfixiante, e o seu coração batia forte. Angustiado, ele se levantou, ficou parado no meio do quarto, tateou no escuro a poltrona perto da mesa e sentou-se.

"Isto é uma prisão...", pensou. "Tenho que ir embora... Não aguento mais..."

Já era tarde para ir jogar cartas, tampouco havia restaurantes na cidade. Deitou de novo e tapou os ouvidos para não escutar os soluços, mas então lembrou que podia ir até Samóilenko. Para não passar por Nadiéjda Fiódorovna, saiu pela janela para o jardim, galgou a cerca e foi andando pela rua. Estava escuro. Um navio tinha acabado de chegar; a julgar pelas luzes, um grande navio de passageiros... A corrente da âncora ressoou. Uma luzinha vermelha movia-se rápido da margem rumo ao navio: era o barco da alfândega.

"Os passageiros estão lá, dormindo tranquilamente nas cabines...", pensou Laiévski e teve inveja da paz alheia.

As janelas da casa de Samóilenko estavam abertas. Laiévski olhou por uma delas, depois por outra: os cômodos estavam escuros e silenciosos.

— Aleksandr Davíditch, está dormindo? — chamou. — Aleksandr Davíditch!

Ouviu-se uma tosse e uma voz assustada:

— Quem é? Que diabos?

— Sou eu, Aleksandr Davíditch. Desculpe.

Pouco depois a porta se abriu; brilhou a luz suave de

uma lamparina, e apareceu o enorme Samóilenko, todo de branco, de touca branca.

— O que foi? — perguntou, respirando pesado por causa do sono e se coçando. — Espere, já vou abrir.

— Não se dê ao trabalho, passo pela janela...

Laiévski entrou pela janela e, aproximando-se de Samóilenko, agarrou-lhe a mão.

— Aleksandr Davíditch — disse com voz trêmula —, salve-me! Eu imploro, eu suplico, me entenda! A minha situação é um martírio. Se continuar assim, nem que seja por mais um dia ou dois, eu me enforco feito... feito um cachorro!

— Espere... Você está falando de quê, afinal?

— Acenda uma vela.

— Ai, ai... — suspirou Samóilenko, acendendo uma vela. — Meu Deus, meu Deus... E já passa da uma, meu irmão.

— Desculpe, mas não consigo ficar em casa — disse Laiévski, sentindo um grande alívio por causa da luz e da presença de Samóilenko. — Você, Aleksandr Davíditch, é o meu único e melhor amigo... Você é a única esperança. Querendo ou não, pelo amor de Deus, me tire dessa. Tenho que ir embora daqui, custe o que custar. Me empreste algum dinheiro!

— Ai, meu Deus, meu Deus!... — suspirou Samóilenko, coçando-se. — Estou caindo no sono e de repente ouço um apito; é o navio que chegou; e logo em seguida você... De quanto você precisa?

— Uns trezentos rublos, pelo menos. Para ela tenho que deixar cem, e para a minha viagem, duzentos... Já estou devendo uns quatrocentos para você, mas eu vou mandar tudo... tudo...

Samóilenko passou a mão aberta sobre as suíças, afastou as pernas e começou a ruminar.

— Sei... — balbuciou pensativo. — Trezentos... Sim... Mas eu não tenho tudo isso. Vou ter que pedir emprestado.

— Peça, pelo amor de Deus! — disse Laiévski, vendo

pelo rosto de Samóilenko que ele queria dar o dinheiro, que daria sem falta. — Peça, e eu devolvo sem falta. Mando de Petersburgo assim que chegar lá. Quanto a isso, pode ficar tranquilo. Escute, Sacha — disse ele, animando-se —, vamos tomar um vinho!

— Sei... Um vinho, pode ser.

Os dois foram à sala de jantar.

— E Nadiéjda Fiódorovna? — perguntou Samóilenko, pondo na mesa três garrafas e um prato com pêssegos. — Não me diga que ela fica?

— Eu dou um jeito, eu dou um jeito... — disse Laiévski, sentindo uma inesperada onda de alegria. — Depois eu mando o dinheiro, e ela vai para lá... E aí, esclarecemos a nossa relação. À sua saúde, amigo.

— Espere! — disse Samóilenko. — Primeiro beba deste aqui... É do meu vinhedo. Esta garrafa aqui é do vinhedo de Navaridze, e esta é de Akhatúlov... Experimente os três e me diga com sinceridade... O meu parece que tem um quê de azedo. Hein? Você não acha?

— Sim. Que alívio você me deu, Aleksandr Davíditch. Obrigado... Eu renasci.

— Está azedo?

— Sabe Deus, não sei dizer. Mas você é uma pessoa extraordinária, admirável!

Olhando para o seu rosto pálido, animado e bondoso, Samóilenko lembrou da opinião de Von Koren, de que pessoas assim deveriam ser exterminadas, e Laiévski lhe pareceu uma criança fraca e indefesa, que qualquer um poderia ofender e exterminar.

— E você, quando chegar, faça as pazes com a sua mãe — disse Samóilenko. — Não fica bem.

— Sim, sim, com certeza.

Ficaram calados por um momento. Quando terminaram a primeira garrafa, Samóilenko disse:

— Seria bom se você fizesse as pazes também com Von Koren. Vocês dois são pessoas maravilhosas, inteligentíssimas, mas ficam se olhando feito lobos.

— Sim, ele é uma pessoa maravilhosa, inteligentíssima — concordou Laiévski, que agora estava disposto a elogiar e perdoar todo mundo. — É uma pessoa extraordinária, mas não posso ser seu amigo. Não! As nossas personalidades são distintas demais. Sou um caráter indolente, fraco, submisso; talvez, num bom momento, até lhe estendesse a mão, mas ele viraria a cara... com desprezo.

Laiévski bebeu mais um gole de vinho, andou de um lado para o outro e continuou a falar, parado no meio da sala:

— Compreendo perfeitamente Von Koren. É um caráter firme, forte e despótico. Você sabe, ele fala sempre da expedição, e não é conversa fiada. Ele precisa de um deserto, de uma noite de luar: ao redor, nas barracas e a céu aberto, dormem os seus cossacos, guias, carregadores, o médico, o padre, todos famintos e doentes, exaustos por causa das difíceis travessias; só ele não dorme e, feito um Stanley,[32] continua sentado na cadeira dobrável, sentindo-se o rei do deserto e o dono dessas pessoas. Ele marcha, marcha, marcha, não se sabe para onde, seu pessoal geme e vai morrendo em massa, mas ele continua marchando, e no final das contas morre também, mas mesmo assim continua sendo o déspota e o rei do lugar, pois as caravanas veem a cruz do seu túmulo a trinta ou quarenta milhas de distância e essa cruz reina no deserto. Eu lamento que esse homem não esteja no exército. Ele daria um general excelente, genial. Seria capaz de afogar no rio toda a sua cavalaria e fazer pontes com os cadáveres, e na guerra uma coragem assim é mais necessária do

[32] Henry Morton Stanley (1841-1904), famoso jornalista britânico, atuou também como explorador da África. (N. da T.)

que qualquer fortificação ou tática. Oh, eu o entendo perfeitamente! Diga-me: por que ele está mofando aqui? O que procura neste lugar?

— Está estudando a fauna marinha.

— Não. Não, meu irmão, não! — suspirou Laiévski. — No navio, um cientista que estava de passagem me contou que o Mar Negro é pobre em fauna e que no fundo dele, graças à abundância de sulfeto de hidrogênio, qualquer vida orgânica é impossível. Todos os zoólogos sérios trabalham nas estações biológicas em Nápoles ou em Villefranche. Mas Von Koren é independente e teimoso: trabalha no Mar Negro porque ninguém mais faz isso aqui; rompeu com a universidade, não quer saber dos cientistas e dos colegas porque, em primeiro lugar, ele é um déspota, e só depois zoólogo. E você vai ver, ele tem um grande futuro. Já agora ele sonha que, quando voltar da expedição, vai enxotar a intriga e a mediocridade das nossas universidades, e vai mostrar aos cientistas o que é bom para a tosse. O despotismo na ciência tem a mesma força que na guerra. E já é o segundo verão que ele mora nessa cidadezinha nojenta, porque é melhor ser o primeiro num vilarejo que o segundo numa cidade. Aqui ele é o rei e a águia; controla todos os moradores com mão de ferro e os oprime com a sua autoridade. Subjugou todo mundo, intromete-se nos assuntos alheios, e todos o temem. Por acaso ele não lhe falou que eu deveria ser exterminado ou enviado para trabalhos forçados?

— Sim — riu Samóilenko.

Laiévski também começou a rir e bebeu mais vinho.

— Os ideais dele também são despóticos — disse, rindo e comendo um pêssego. — Quando trabalham para o bem comum, os reles mortais têm em mente o próximo: eu, você, em uma palavra, o ser humano. Mas para Von Koren as pessoas são insetos e nulidades, pequenas demais para servir de propósito à sua vida. Agora ele trabalha, depois vai partir em expedição e lá vai quebrar o pescoço, mas tudo isso não em nome do amor ao próximo, e sim em nome de abstrações como humanidade, gerações futuras, raça humana ideal. Ele se empenha em melhorar a raça humana, e nesse sentido, para ele, nós somos meros escravos, carne de canhão, bestas de carga; uma parte ele exterminaria ou enfiaria no campo de trabalhos forçados, a outra esmagaria com disciplina e, como Araktchêiev,[33] obrigaria a levantar e a deitar ao toque do tambor, poria eunucos para vigiar a nossa castidade e a nossa moral, mandaria atirar em qualquer um que saísse do círculo dessa moral estreita e conservadora, e tudo isso em nome do aperfeiçoamento da raça humana... Mas o que é a raça humana? Uma ilusão, uma miragem... Os déspotas sempre foram ilusionistas. Eu o entendo perfeitamente, meu irmão. Eu o estimo e não nego a sua importância; este mundo se mantém por conta de gente assim, e se o mundo fosse entregue apenas a nós, com toda a nossa bondade e as nossas boas intenções, nós faríamos dele o mesmo que as moscas fizeram daquele quadro ali. Pois é.

Laiévski sentou-se perto de Samóilenko e disse com um entusiasmo sincero:

— Sou um homem fútil, medíocre, degradado! O ar que respiro, esse vinho, o amor, em uma palavra, a vida, eu a comprei até agora com mentiras, ócio e covardia. Até agora fiquei enganando os outros e a mim mesmo, sofria com isso e os meus sofrimentos eram baratos e vulgares. Eu me curvo timidamente diante do ódio de Von Koren porque de tempos em tempos eu mesmo me odeio e me desprezo.

[33] Aleksei Andréievitch Araktchêiev (1769-1834), comandante militar. Teve grande influência nos governos de Paulo I e sobretudo de Alexandre I. Ficou conhecido por introduzir no exército medidas de severa disciplina e adestramento militar. (N. da T.)

De novo Laiévski andou agitado de um lado para o outro e disse:

— Estou feliz porque agora vejo com clareza os meus defeitos e tenho consciência deles. Isso vai me ajudar a renascer e a me tornar um outro homem. Meu caro, se você soubesse com que ânsia, com que angústia almejo a minha renovação. E eu juro, vou me tornar um homem! Juro! Não sei se é o vinho que está falando em mim agora, ou se é assim mesmo, mas tenho a impressão de que há muito tempo não vivo instantes tão límpidos e puros como agora, com você.

— Está na hora de dormir, irmãozinho... — disse Samóilenko.

— Sim, sim... Desculpe. Já vou.

Laiévski começou a fuçar ao redor dos móveis e das janelas, procurando o quepe.

— Obrigado... — murmurava, suspirando. — Obrigado... O carinho e uma palavra de consolo valem mais que a caridade. Você me fez renascer.

Encontrou o quepe, parou e olhou culpado para Samóilenko.

— Aleksandr Davíditch! — disse em tom de súplica.

— O quê?

— Meu caro, deixe-me passar a noite aqui!

— Mas faça-me o favor... por que não?

Laiévski instalou-se no sofá e ainda ficou muito tempo conversando com o médico.

X

Uns três dias após o piquenique, Nadiéjda Fiódorovna recebeu uma visita inesperada de Mária Konstantínovna que, sem dizer bom dia nem tirar o chapéu, agarrou-a pelas duas mãos, apertou-as contra o peito e disse, muito emocionada:

— Minha cara, estou comovida, estou pasma. O nosso querido e amável doutor disse ontem a meu Nikodim Aleksándritch que o seu marido teria morrido. Me diga, minha cara... Me diga, é verdade?

— Sim, é verdade, ele morreu — respondeu Nadiéjda Fiódorovna.

— Isso é terrível, é terrível, minha cara! Mas há males que vêm para o bem. Com certeza o seu marido foi um homem admirável, maravilhoso, um santo, e pessoas assim são mais necessárias no céu do que na terra.

Todas as ruguinhas e marquinhas no rosto de Mária Konstantínovna começaram a tremer, como se agulhas minúsculas começassem a saltar sob a pele, ela deu o seu sorriso amanteigado e disse extasiada, quase sem fôlego:

— Sendo assim, você está livre, minha cara. Agora pode andar de cabeça erguida, sem medo de olhar os outros nos olhos. De agora em diante, Deus e as pessoas vão abençoar a sua união com Ivan Andréitch. Isso é encantador. Estou tremendo de alegria, nem tenho palavras. Querida, serei a sua casamenteira. Nikodim Aleksándritch e eu sempre gostamos tanto de você, você vai permitir que abençoemos a sua união legítima e pura. Quando, quando você pensa em se casar na igreja?

— Eu nem pensei nisso — disse Nadiéjda Fiódorovna, retirando as mãos.

— Não é possível, querida. Você pensou, pensou sim!

— Juro que não pensei — riu Nadiéjda Fiódorovna. — Para que casar na igreja? Não vejo nenhuma necessidade disso. Vamos continuar do jeito que vivemos até agora.

— O que você está dizendo! — aterrorizou-se Mária Konstantínovna. — Pelo amor de Deus, o que você está dizendo!

— Casar na igreja não vai melhorar nada. Pelo contrário, só vai piorar. Vamos perder a nossa liberdade.

— Querida! Querida, o que você está dizendo?! — exclamou Mária Konstantínovna, dando um passo para trás e juntando as mãos. — Você está sendo extravagante! Acorde! Sossegue!

— Como assim, sossegar? Eu nem vivi ainda e você me diz: "sossegue"?!

Nadiéjda Fiódorovna lembrou que, de fato, ainda não tinha vivido. Terminara o curso na faculdade e se casara com um homem que não amava, depois juntou-se a Laiévski e o tempo todo viveu com ele aqui, neste litoral tedioso e deserto, à espera de algo melhor. Que vida é essa?

"No entanto, não seria mal casar-se na igreja...", pensou, mas lembrou-se de Kirílin e Atchmiánov, corou e disse:

— Não, isso é impossível. Mesmo que Ivan Andréitch me pedisse de joelhos, mesmo assim eu recusaria.

Por um minuto Mária Konstantínovna ficou sentada no sofá em silêncio, triste, séria, olhando para o mesmo ponto, depois levantou-se e disse friamente:

— Adeus, querida! Me perdoe o incômodo. Não é fácil para mim, mas devo lhe dizer que a partir de hoje está tudo terminado entre nós e, apesar do meu profundo respeito por

Ivan Andréitch, a porta da minha casa está fechada para a senhora.

Disse isso solenemente, e ficou ela mesma abalada com a solenidade do próprio tom; de novo seu rosto começou a tremer, adquiriu uma expressão terna e amanteigada, ela estendeu as duas mãos em direção a Nadiéjda Fiódorovna, que estava assustada e constrangida, e suplicou:

— Minha querida, nem que seja por um minuto, deixe-me ser a sua mãe ou a sua irmã mais velha! Serei franca com você, como se fosse uma mãe.

Nadiéjda Fiódorovna sentiu no peito tamanha afeição, alegria, sentiu na outra tanta compaixão por ela mesma, como se a sua mãe tivesse realmente ressuscitado e estivesse diante dela. Abraçou impetuosamente Mária Konstantínovna e colou o rosto em seu ombro. As duas caíram no choro. Sentaram-se no sofá e soluçaram por alguns minutos, sem se olhar e sem conseguir dizer uma palavra.

— Querida, minha filha — começou Mária Konstantínovna —, vou lhe falar verdades duras, sem dó nem piedade.

— Pode dizer, pode dizer!

— Confie em mim, querida. Lembre-se que, de todas as senhoras locais, só eu a recebia. Desde o primeiro dia você me horrorizou, mas não tive forças para tratá-la com desdém, como faziam os outros. Ficava aflita pelo querido e bom Ivan Andréitch, como se fosse meu filho. Um jovem longe de casa, inexperiente, fraco, sem mãe, e eu sofria, sofria... Meu marido não queria manter qualquer relação com ele, mas eu o persuadi, convenci... Começamos a receber Ivan Andréitch e, junto com ele, é claro, você, senão ele ficaria ofendido. Tenho uma filha, um filho... Você entende, a mente delicada das crianças, o coração puro... se alguém fizer cair em pecado um destes pequenos... Eu a recebia, temendo pelas crianças. Oh, quando você for mãe, vai entender o meu medo. E todo mundo se admirava de eu recebê-la como se você fosse, me perdoe, decente, me insinuavam que... bem, é claro, são fofocas, hipóteses... No fundo da minha alma eu a condenava, mas você estava infeliz, miserável, era uma extravagante, e eu sofria de pena.

— Mas por quê? Por quê? — perguntou Nadiéjda Fiódorovna, tremendo toda. — Por acaso fiz mal a alguém?

— Você é uma grande pecadora. Você rompeu o juramento dado ao marido diante do altar. Você seduziu um jovem excelente que, se não a tivesse encontrado, talvez tivesse escolhido como legítima companheira para a vida uma moça de boa família, do círculo dele, e seria agora como todo mundo. Você destruiu a juventude dele. Não diga nada, não diga nada, querida! Eu não vou acreditar que o homem seja culpado pelos nossos pecados. As culpadas são sempre as mulheres. Na vida familiar os homens são levianos, vivem com a razão, e não com o coração, não entendem muitas coisas, mas a mulher entende tudo. Tudo depende dela. Muito lhe foi dado e muito lhe será cobrado. Ah, querida, se ela fosse nesse sentido menos inteligente e mais fraca que o homem, Deus não teria lhe confiado a educação dos meninos e das meninas. E depois, minha cara, você entrou pelo mau caminho, deixando para trás toda vergonha; em seu lugar, uma outra mulher teria se escondido das pessoas, ficaria trancada em casa e seria vista apenas no templo de Deus, pálida, vestida só de preto, chorando, e todos diriam, sinceramente comovidos: "Meu Deus, eis um anjo caído que novamente volta a Ti...". Mas você, querida, esqueceu todo o pudor, vivia abertamente, de forma extravagante, como se tivesse orgulho do pecado. Você corria solta, ria, e eu, olhando-a, tremia de pavor e temia que o raio divino se abatesse sobre a nossa casa enquanto você estivesse lá. Querida, não diga nada, não diga nada! — exclamou Mária Konstantínovna, ao notar que Nadiéjda Fiódorovna queria falar. — Confie em mim, não vou enganá-la nem esconder dos olhos da sua alma nenhuma verdade. Ouça-me, minha cara... Deus marca os grandes pecadores, e você foi marcada. Veja só, as suas roupas sempre foram horríveis!

Nadiéjda Fiódorovna, que sempre tivera as próprias roupas na mais alta conta, parou de chorar e olhou-a com surpresa.

— Sim, horríveis! — continuava Mária Konstantínovna. — Qualquer um pode julgar o seu comportamento pela afetação e pelo colorido das suas roupas. Vendo-a, todos riam às escondidas e davam de ombros, enquanto eu sofria, sofria... E, me perdoe, querida, você não é asseada! Sempre que nos encontrávamos na cabine de banho, você me fazia tremer. A roupa de cima ainda vai, mas a saia, a camisa de baixo... querida, eu fico até vermelha! Também não há ninguém que amarre direito a gravata do pobre Ivan Andréitch, e pelas camisas e botas do coitadinho logo se vê que em casa ninguém cuida dele. E ele está sempre faminto, minha pombinha, e de fato, se não há ninguém em casa que se preocupe com o samovar e o café, querendo ou não, metade do ordenado vai embora no pavilhão. Quanto à sua casa, é simplesmente um horror, um horror! Em toda a cidade ninguém tem moscas em casa, mas aqui elas não dão trégua, todos os pratos e pires estão até pretos. Nas janelas e nas mesas, olhe só, tem poeira, moscas mortas, copos... Para que copos aqui? E, querida, a mesa não foi tirada até agora. Quanto ao seu quarto de dormir, dá vergonha de entrar: é roupa de baixo espalhada por todo lado, essas suas ligas penduradas nas paredes, essa louça... Querida! O marido não tem que saber de nada, e a mulher deve estar diante dele pura, como um anjinho! Todo dia eu acordo com o raiar do sol e lavo o rosto com água fria, para o meu Nikodim Aleksándritch não notar que estou com cara de sono.

— Tudo isso é bobagem — desatou a chorar Nadiéjda Fiódorovna. — Se ao menos eu fosse feliz, mas sou tão infeliz!

— Sim, sim, você é muito infeliz! — suspirou Mária Konstantínovna, mal se contendo para não chorar. — E o que a aguarda no futuro é um grande infortúnio! Uma velhice solitária, doenças e depois a sentença no Juízo Final... Um horror, um horror! Agora o próprio destino lhe estende a mão, mas a senhora a afasta como uma tola. Case, case logo!

— Sim, é preciso, é preciso — disse Nadiéjda Fiódorovna —, mas é impossível!

— Mas por quê?

— É impossível! Oh, se a senhora soubesse!

Nadiéjda Fiódorovna queria contar sobre Kirílin e sobre como na noite anterior encontrara-se no cais com o jovem e belo Atchmiánov, e como lhe viera à cabeça o pensamento louco e divertido de ficar livre da dívida de trezentos rublos, como achara muita graça e voltara à casa tarde da noite, sentindo-se perdidamente corrompida e vendida. Ela mesma não sabia como aquilo fora acontecer. E agora queria também jurar para Mária Konstantínovna que pagaria a dívida sem falta, mas o choro e a vergonha não a deixavam falar.

— Vou embora — disse. — Ivan Andréitch que fique, mas eu vou embora.

— Para onde?

— Para a Rússia.

— E vai viver do quê? Você não tem nada.

— Vou fazer traduções ou... ou abro uma pequena biblioteca...

— Não se iluda, minha querida. Para uma pequena biblioteca é necessário ter dinheiro. Bem, agora eu vou deixá-la, você fique calma e reflita e amanhã venha me visitar de bom humor. Será encantador! Bem, adeus, meu anjinho. Deixe-me lhe dar um beijo.

Mária Konstantínovna deu um beijo na testa de Nadiéjda Fiódorovna, deu-lhe a bênção, fazendo o sinal da cruz, e saiu discretamente. Já estava escurecendo, Olga acendeu o fogo na cozinha. Sem parar de chorar, Nadiéjda Fiódorovna foi para o quarto e deitou-se na cama. Começou a tiritar, num acesso de febre. Deitada, tirou a roupa, embolou o vestido perto dos pés e se encolheu sob o cobertor. Estava com sede, mas não havia ninguém que lhe servisse água.

— Vou devolver! — dizia para si mesma, e no delírio tinha a sensação de estar sentada ao lado de uma doente e de reconhecer nela a si mesma. — Vou devolver. Seria tolo pensar que foi por dinheiro... Vou embora e mando o dinheiro de Petersburgo. Primeiro cem... depois cem... e depois, mais cem...

Tarde da noite, Laiévski chegou.

— Primeiro cem... — disse Nadiéjda Fiódorovna —, depois cem...

— Seria bom você tomar quinino — disse ele e pensou: "Amanhã é quarta, o navio vai partir, e eu não. Quer dizer que terei de viver aqui até sábado".

Nadiéjda Fiódorovna ajoelhou-se na cama.

— Eu disse alguma coisa agora? — perguntou, sorrindo e apertando os olhos por causa da vela.

— Não. Amanhã de manhã temos que ir atrás do médico. Durma.

Pegou o travesseiro e foi em direção à porta. Depois da decisão definitiva de partir e deixar Nadiéjda Fiódorovna, ela despertava nele o sentimento de pena e de culpa; sentia um certo remorso em sua presença, como na presença de um cavalo doente ou velho que está na hora de sacrificar. Parou na porta e se virou.

— No piquenique eu estava irritado e disse uma grosseria. Me perdoe, por favor.

Tendo dito isso, foi para o gabinete, deitou-se e ficou muito tempo sem conseguir dormir.

No dia seguinte, pela manhã, vestido, por causa do feriado, com o uniforme de gala completo, com dragonas e condecorações, Samóilenko tomava o pulso e olhava a língua de Nadiéjda Fiódorovna; quando saía do quarto, Laiévski, que estava à porta, perguntou inquieto:

— E então? Hein?

Seu rosto expressava medo, enorme ansiedade e esperança.

— Fique tranquilo, não é nada grave — disse Samóilenko. — Uma febre comum.

— Não é isso — Laiévski fechou a cara, impaciente. — Arrumou o dinheiro?

— Querido, me perdoe — sussurrou Samóilenko, olhando constrangido para a porta. — Pelo amor de Deus, me perdoe! Ninguém tem dinheiro na mão, eu fui pegando cinco rublos aqui, dez ali — até agora só consegui cento e dez. Hoje ainda vou falar com umas pessoas. Tenha paciência.

— Mas o limite é sábado! — sussurrou Laiévski, tremendo de impaciência. — Por todos os santos, até sábado! Se no sábado eu não for embora, então não preciso de nada... nada! Não entendo como um médico pode não ter dinheiro!

— Ai, meu Deus, você quer o quê — Samóilenko sussurrou rápido e tão aflito que da sua garganta até saiu um pio —, eu emprestei tudo, estão me devendo sete mil, e eu estou devendo em tudo quanto é canto. Por acaso tenho culpa?

— Quer dizer que até sábado você consegue? Hein?

— Vou tentar.

— Eu lhe imploro, meu caro! Sexta de manhã o dinheiro tem que estar na minha mão.

Samóilenko sentou-se e receitou quinino diluído, *kalii bromati*, tintura de ruibarbo, *tincturae gentianae*, *aquae foeniculi* — tudo isso numa única mistura, adicionou xarope de rosas para não ficar amargo e foi embora.

XI

— Você está com uma cara, parece que veio me prender — disse Von Koren, ao ver Samóilenko entrar em uniforme de gala.

— É que eu estava passando e pensei: deixe-me ver como anda a zoologia — disse Samóilenko, sentando-se perto de uma grande mesa, feita pelo próprio zoólogo com simples tábuas. — Bom dia, santo homem! — acenou para o diácono, que estava sentado perto da janela e copiava alguma coisa. — Vou ficar só um minuto e depois vou correndo para casa dar as ordens do almoço. Já está na hora... Não estou atrapalhando?

— Nem um pouco — respondeu o zoólogo, distribuindo sobre a mesa folhas cobertas de anotações miúdas.

— Estamos copiando uns papéis...

— Sei... Ai, meu Deus, meu Deus... — suspirou Samóilenko; puxou da mesa com cuidado um livro empoeirado, sobre o qual estava um falângido morto e seco, e disse: — Mas veja só! Vamos supor que um pequeno besourinho verde qualquer está indo tratar dos seus assuntos e de repente encontra no caminho uma maldição dessas. Imagine o susto!

— Sim, deve ser.

— Ele tem veneno para se defender dos inimigos?

— Sim, para se defender e também para atacar.

— Sei, sei, sei... Na natureza, meus caros, tudo tem um propósito e uma explicação — suspirou Samóilenko. — Mas tem uma coisa que eu não entendo. Você, um homem de uma inteligência extraordinária, me explique, por favor. Existem, você sabe, uns animaizinhos, não maiores que uma ratazana; são até bonitinhos, porém, eu lhe digo, extraordinariamente vis e imorais. Um animalzinho assim vai andando, suponhamos, por uma floresta, vê um passarinho, o agarra e come. Continua andando, e vê na grama um pequeno ninho com ovos; não tem mais vontade de comer, está saciado, mas ele estraçalha um ovo com os dentes e com a patinha arremessa os outros para fora do ninho. Depois encontra uma rã e dispara a brincar com ela. Acaba com a rã, segue andando e lambendo os beiços, nisso um besouro vem em sua direção. Dá uma patada no besouro... E vai estragando e destruindo tudo no seu caminho... Chega até a entrar nas tocas dos outros, revolve à toa os formigueiros, estraçalha os caracóis... Se encontra uma ratazana, tem que brigar com ela; se vê uma cobrinha ou um ratinho, não vai deixar de sufocá-los. E assim o dia inteiro. Então, me diga, para que é necessário um animal assim? Para que ele foi criado?

— Não sei de que animalzinho você está falando — disse Von Koren —, provavelmente de algum insetívoro. Bem, o que posso dizer? O pássaro foi cair nas garras dele porque não era prudente; o ninho com ovos foi destruído porque o pássaro não foi habilidoso, não fez o ninho direito e não soube mascará-lo. A rã tinha provavelmente algum defeito na coloração, senão o animal não a teria visto, e assim por diante. Esse seu animal destrói apenas os fracos, inaptos, imprudentes, em uma palavra, os que têm defeitos e que a natureza não considera necessário perpetuar. Sobrevivem apenas os mais hábeis, prudentes, fortes e desenvolvidos. Dessa forma, o seu animalzinho, sem saber, serve aos grandes objetivos do aperfeiçoamento.

— Sim, sim, sim... Aliás, meu irmão — disse Samóilenko sem cerimônia —, me empreste uns cem rublos.

— Tudo bem. Entre os insetívoros encontramos às vezes exemplares muito interessantes. Uma toupeira, por exemplo. Diz-se que esse animal é muito útil, pois extermina insetos nocivos. Conta-se que um alemão teria enviado ao imperador Guilherme I um casaco de pele de toupeira e o imperador teria dado ordem de repreendê-lo por ter exterminado tantos animais úteis. Entretanto, em matéria de crueldade, a toupeira não perde em nada para o seu animalzinho e, além disso, é muito nociva, pois arrasa os prados.

Von Koren destravou um estojo e tirou um nota de cem rublos.

— A toupeira tem uma caixa torácica forte, como a de um morcego — continuou, fechando o estojo —, ossos e músculos extremamente desenvolvidos, um aparato bucal inacreditável. Se ela tivesse o tamanho de um elefante, seria um animal avassalador, invencível. É interessante que, quando dois desses animais se encontram debaixo da terra, ambos, como que de comum acordo, começam a cavar um terreno; precisam dele para facilitar a batalha. Quando fica pronto, travam um combate acirrado e lutam até o mais fraco cair. Tome os cem rublos — disse Von Koren, abaixando a voz —, mas com a condição de que não sejam para Laiévski.

— E se fosse para Laiévski?! — explodiu Samóilenko. — O que você tem com isso?

— Para Laiévski eu não posso dar. Sei que você gosta de dar dinheiro emprestado. Você daria até ao bandido Kerim, se ele pedisse, mas, me perdoe, não posso ajudar você nesse sentido.

— Sim, estou pedindo para Laiévski! — disse Samóilenko, levantando-se e sacudindo o braço direito. — Sim! Para Laiévski! E nem deus, nem o diabo têm o direito de me dar lição sobre o que devo fazer com o meu dinheiro. O senhor não pretende dar? Hein?

O diácono caiu na risada.

— Em vez de se exaltar, raciocine — disse o zoólogo. — Ser o benfeitor do senhor Laiévski é tão pouco inteligente, na minha opinião, quanto regar ervas daninhas ou alimentar a praga dos gafanhotos.

— Já eu acho que temos a obrigação de ajudar o próximo! — gritou Samóilenko.

— Nesse caso ajude esse turco faminto que está na sarjeta! É um trabalhador e é mais necessário e útil que o seu Laiévski. Dê a ele esses cem rublos! Ou doe cem rublos para a minha expedição!

— Estou perguntando: você vai dar ou não?

— Seja sincero: para que ele precisa de dinheiro?

— Isso não é segredo nenhum. No sábado precisa partir para Petersburgo.

— Veja só! — disse Von Koren, arrastando as palavras. — Aha... Está claro. E ela vai com ele ou o quê?

— Por enquanto ela fica aqui. Ele ajeita tudo em Petersburgo e lhe manda dinheiro, aí ela vai também.

— Que esperto!... — disse o zoólogo, soltando uma curta risada de tenor. — Que esperto! Bem pensado.

Aproximou-se rápido de Samóilenko e cara a cara, olhando nos olhos, perguntou:

— Seja sincero: ele não a ama mais? Hein? Diga: não ama mais? Hein?

— É — pronunciou Samóilenko e começou a suar.

— Como isso é repugnante! — disse Von Koren, e a repulsa era visível no seu rosto. — De duas, uma, Aleksandr Davíditch: ou você está em conluio com ele, ou então, me perdoe, você é um paspalhão. Será que não consegue entender que está sendo embrulhado feito um garoto, da maneira mais descarada? Porque é claro como o dia que ele quer se livrar dela e deixá-la aqui. Ela será um fardo para você, e é claro como o dia que você terá de mandá-la para Petersburgo por sua conta. Será possível que o seu maravilhoso amigo o tenha cegado a tal ponto com as virtudes dele, que você não enxerga nem as coisas mais óbvias?

— Isso são apenas suposições — disse Samóilenko, sentando-se.

— Suposições? Mas por que ele está indo sozinho, e não junto com ela? E por que, pergunte a ele, por que ela não vai na frente, e ele depois? Que sem-vergonha!

Abalado pelas dúvidas e suspeitas repentinas em relação ao amigo, Samóilenko subitamente esmoreceu e baixou a voz.

— Mas isso é impossível! — disse, lembrando a noite que Laiévski passara em sua casa. — Ele está sofrendo tanto!

— E daí? Ladrões e incendiários também sofrem!

— Suponhamos que você até esteja certo... — disse Samóilenko, pensativo. — Suponhamos... Mas ele é jovem, está longe de casa... foi estudante, como nós, e fora nós dois, ninguém aqui pode apoiá-lo.

— Ajudá-lo a cometer atos torpes só porque você e ele estiveram na universidade em épocas diferentes e ambos passaram o tempo lá à toa! Que bobagem!

— Espere, vamos raciocinar friamente. Acho que é possível resolver isso da seguinte maneira... — raciocinava Samóilenko, mexendo os dedos. — Veja só, eu dou o dinheiro a ele, mas o faço jurar, dar a palavra de honra que em uma semana mandará dinheiro para a viagem de Nadiéjda Fiódorovna.

— E ele vai jurar, vai até ficar com os olhos marejados e acreditar no que diz, mas quanto vale essa palavra? Não vai mantê-la, e quando, daqui a um ano ou dois, você encontrá-lo na avenida Niévski de braços dados com o novo amor, ele vai se justificar, dizendo que foi mutilado pela civilização e que é uma cópia perfeita de Rúdin.[34] Deixe-o, pelo amor

[34] Personagem do romance de mesmo nome, de Ivan Turguêniev. (N. da T.)

de Deus! Afaste-se dessa sujeira, em vez de ficar remexendo nela com as duas mãos!

Samóilenko pensou um minuto e disse, resoluto:

— Mesmo assim, vou dar o dinheiro a ele. Faça como quiser. Não sou capaz de recusar ajuda apenas com base em suposições.

— Que maravilha! Dê-lhe um beijo também.

— Então me dê os cem rublos — pediu Samóilenko timidamente.

— Não dou.

Instalou-se um silêncio. Samóilenko perdeu todas as forças: seu rosto adquiriu uma expressão de culpa, vergonha e subserviência, e era um tanto estranho ver um rosto cheio de lástima e constrangimento infantil num homem enorme com dragonas e condecorações.

— O reverendíssimo bispo daqui anda por toda a diocese a cavalo — disse o diácono, largando a pena. — A imagem dele sentado no seu cavalinho é tocante ao extremo. Sua simplicidade e humildade são repletas de uma grandeza bíblica.

— É uma boa pessoa? — perguntou Von Koren, contente por poder mudar de assunto.

— Como não? Se não fosse bom, como poderia ser consagrado bispo?

— Entre os bispos se encontram pessoas muito boas e talentosas — disse Von Koren. — Só é uma pena que muitos deles tenham uma fraqueza: achar que são homens de Estado. Um se ocupa com a russificação, outro critica as ciências. Não é da conta deles. Seria melhor que visitassem o consistório com mais frequência.

— Um laico não pode julgar os bispos.

— Por que não, diácono? O bispo é um homem igual a mim.

— Igual, mas nem tanto — zangou-se o diácono, pegando de novo a pena. — Se o senhor fosse igual a ele, seria marcado pela graça divina e seria bispo também; agora, se o senhor não é bispo, então não é igual a ele.

— Chega de asneiras, diácono! — disse Samóilenko, angustiado. — Escute, pensei o seguinte — voltou-se para Von Koren. — Não precisa me dar esses cem rublos. Você vai comer na minha casa por mais três meses até o inverno, então me dê como adiantamento.

— Não dou.

Samóilenko começou a piscar e ficou roxo; puxou maquinalmente o livro com o falângido, olhou-o, depois levantou-se e pegou o gorro. Von Koren ficou com pena.

— E ainda somos obrigados a viver entre esses senhores e lidar com eles! — disse o zoólogo e, indignado, chutou para o canto um papel qualquer. — Entenda de uma vez que isso não é bondade, não é amor, e sim covardia, indecência, veneno! Com seus corações frouxos e imprestáveis, vocês acabam destruindo a obra da razão! Quando eu era um ginasiano e tive febre tifoide, uma titia me entupiu de cogumelos marinados, por compaixão, e eu quase morri. Você e a titia precisam entender que o amor ao ser humano deve estar não no coração, nem na boca do estômago, nem na lombar, e sim aqui! — Von Koren deu um tapa na testa.

— Pegue! — disse e jogou a nota de cem rublos.

— Você está bravo à toa, Kólia — disse Samóilenko docilmente, dobrando a nota. — Eu o entendo perfeitamente, mas... ponha-se no meu lugar.

— Uma velha frouxa, isso é o que você é!

O diácono caiu na risada.

— Escute, Aleksandr Davíditch, um último pedido! — disse Von Koren com insistência.— Quando for dar o dinheiro a esse seu malandro, proponha a ele uma condição: que vá embora junto com a sua senhora ou a mande na frente; senão, não dê. Não há por que ficar cheio de dedos com ele.

Diga desse jeito; se não disser, eu juro que vou à repartição e o faço rolar escada abaixo, e quanto a você, não vou nem querer mais olhar na sua cara. Pode ter certeza!

— Bem, se Laiévski for junto com ela ou mandá-la na frente, para ele é até melhor — disse Samóilenko. — Vai ficar até contente. Então, adeus!

Despediu-se carinhosamente e saiu, mas, antes de fechar a porta, virou-se para Von Koren, fez uma cara medonha e disse:

— Foram os alemães que estragaram você, meu irmão! Sim! Os alemães!

XII

No dia seguinte, uma quinta-feira, Mária Konstantínovna comemorava o aniversário de seu querido Kóstia. Todos foram convidados para comer uma torta ao meio-dia e para beber chocolate no fim da tarde. Quando Laiévski e Nadiéjda Fiódorovna chegaram, o zoólogo, que já estava na sala bebendo chocolate, perguntou a Samóilenko:

— Você falou com ele?

— Ainda não.

— Lembre, nada de cerimônias. Eu não entendo o descaramento desses senhores! Conhecem perfeitamente a opinião desta família sobre esse seu concubinato, e no entanto fazem questão de se meter aqui.

— Se a gente for dar ouvidos a todos os preconceitos — disse Samóilenko —, é melhor nem colocar o pé para fora de casa.

— Por acaso a aversão das massas ao amor extraconjugal e à depravação é um preconceito?

— Mas é claro. É preconceito e ódio puro. Quando veem na rua uma mulher de vida fácil, os soldados começam a rir e a assobiar; agora pergunte a eles: "e vocês, são o quê?".

— Não é à toa que eles assobiam. Se as raparigas estrangulam os filhos ilegítimos e vão para os trabalhos forçados, e se Anna Kariênina se jogou sob o trem, e se nos vilarejos se pintam as cercas de alcatrão,[35] e se nós dois, sem saber por

[35] Referência ao costume de pintar de alcatrão a cerca ou a porta da casa de uma mulher considerada devassa. (N. da T.)

quê, apreciamos em Kátia sua pureza, e se qualquer um anseia vagamente por um amor puro, mesmo sabendo que amor assim não existe: será que tudo isso é preconceito? Isso, meu caro, é a única coisa que sobrou da seleção natural, e se não houvesse essa força sombria que regula as relações entre os sexos, os senhores Laiévskis lhe mostrariam com quantos paus se faz uma canoa, de modo que em dois anos a humanidade estaria degenerada.

Laiévski entrou na sala, cumprimentou todo mundo e, apertando a mão de Von Koren, deu um sorriso adulador. Esperou um bom momento e disse a Samóilenko:

— Desculpe, Aleksandr Davíditch, preciso trocar duas palavras com você.

Samóilenko levantou-se, abraçou-o pela cintura, e os dois foram para o gabinete de Nikodim Aleksándritch.

— Amanhã é sexta... — disse Laiévski, roendo as unhas. — Você conseguiu o que prometeu?

— Só consegui duzentos e dez. O resto eu consigo hoje ou amanhã. Fique tranquilo.

— Graças a Deus!... — suspirou Laiévski, e, de tanta alegria, suas mãos começaram a tremer. — Você é a minha salvação, Aleksandr Davíditch, e juro por Deus, pela minha felicidade e pelo que você quiser, que mando esse dinheiro assim que chegar. E mando também a dívida antiga.

— É o seguinte, Vânia... — disse Samóilenko, puxando-o por um botão do casaco e corando. — Desculpe entrar nos seus assuntos familiares, mas... e se você partisse com Nadiéjda Fiódorovna?

— Homem, mas como é possível? Um de nós tem que ficar, senão os credores vão chiar. É que estou devendo uns setecentos rublos na praça, se não for mais. Tenha paciência, eu mando o dinheiro, calo a boca deles, e então ela vai embora daqui.

— Sei... Mas e se você a mandasse na frente?

— Ai, meu Deus, mas como é possível? — horrorizou-se Laiévski. — Afinal, ela é uma mulher, o que vai fazer lá sozinha? O que ela sabe fazer? Isso é pura perda de tempo e desperdício de dinheiro.

"Faz sentido...", pensou Samóilenko, mas lembrou-se da conversa com Von Koren, baixou os olhos e disse carrancudo:

— Não posso concordar com você. Ou você vai junto com ela, ou a manda na frente, senão... senão não vou lhe dar o dinheiro. É a minha última palavra...

Foi recuando até dar com o peso do corpo na porta e voltou para a sala, todo corado, terrivelmente constrangido.

"Sexta... sexta...", pensava Laiévski, entrando na sala. "Sexta..."

Serviram-lhe uma xícara de chocolate. Queimou os lábios e a língua com o chocolate quente e continuou pensando: "Sexta... sexta...".

Por algum motivo a palavra "sexta" não lhe saía da cabeça, e Laiévski não pensava em nada, a não ser na sexta-feira, e a única coisa clara, não na cabeça, mas em algum lugar perto do coração, era que não partiria no sábado. Diante dele estava Nikodim Aleksándritch, em pé, todo arrumadinho, com os cabelinhos sobre as têmporas, pedindo:

— Beba, faça esse favor...

Mária Konstantínovna mostrava aos convidados as notas de Kátia e dizia, arrastando as palavras:

— Hoje em dia estudar é muito, mas muito difícil! A exigência é tanta...

— Mamãe! — gemia Kátia, sem saber como se esconder de vergonha e fugir dos elogios.

Laiévski também olhou as notas e elogiou. Religião, russo, comportamento, os números quatro e cinco[36] começaram

[36] As notas na Rússia vão de 1 a 5. (N. da T.)

a saltar diante dos seus olhos, e tudo isso, junto com a sexta-feira que não desgrudava dele, com os cabelinhos sobre as têmporas de Nikodim Aleksándritch e com as faces vermelhas de Kátia, pareceu-lhe de um tédio tão imenso e invencível, que ele quase gritou de desespero, perguntando-se: "Mas será, será que eu não vou embora?".

Colocaram lado a lado duas mesas de jogo e sentaram-se para brincar de *correio*. Laiévski sentou-se também.

"Sexta... sexta...", pensava, sorrindo e tirando um lápis do bolso. "Sexta..."

Queria refletir sobre a sua situação, mas tinha medo de pensar. Temia confessar para si que o médico percebera a sua trapaça, que por tanto tempo e com tanto cuidado ele escondera de si mesmo. Toda vez que pensava sobre o futuro, não dava plena liberdade aos pensamentos. Iria se sentar no vagão e partir, e assim se decidia a questão de sua vida — jamais deixara os pensamentos irem além disso. Como uma luzinha distante e fraca no meio do campo, lampejava de vez em quando em sua cabeça o pensamento de que, numa ruela de Petersburgo, num futuro distante, para se separar de Nadiéjda Fiódorovna e pagar as dívidas, teria que se valer de uma pequena mentira; mentiria só uma vez, e depois viria uma completa renovação. E isso era bom: ao preço de uma pequena mentira compraria uma grande verdade.

Mas agora que o médico, com sua recusa, insinuara de forma rude que ali havia uma trapaça, tornou-se claro para Laiévski que precisaria mentir não só num futuro distante, mas também hoje, amanhã, daqui a um mês e talvez até o fim da vida. De fato, para ir embora terá que mentir para Nadiéjda Fiódorovna, para os credores e para a chefia; depois, para conseguir o dinheiro em Petersburgo, terá que mentir para a mãe, dizer que já se separou de Nadiéjda Fiódorovna; e a mãe não vai dar mais de quinhentos rublos, ou seja, ele já terá enganado o médico, pois não vai poder mandar o dinheiro em breve. Depois, quando Nadiéjda Fiódorovna chegar a Petersburgo, ele vai ter de usar uma série de pequenas e grandes trapaças para se separar dela; e novamente serão lágrimas, tédio, uma vida detestável, arrependimento, ou seja, nada de renovação. Trapaças e nada mais. Na imaginação de Laiévski ergueu-se uma montanha inteira de mentiras. Para transpô-la de um salto, em vez de ir mentindo por partes, teria de se decidir a uma medida drástica, por exemplo, levantar-se sem dizer palavra, pôr o gorro e partir imediatamente, sem dinheiro e sem dizer nada; mas Laiévski sentia que aquilo era impossível para ele.

"Sexta, sexta...", pensava. "Sexta..."

Os participantes escreviam bilhetes, dobravam-nos ao meio e punham na velha cartola de Nikodim Aleksándritch, e, quando chegavam a um número suficiente, Kóstia fazia as vezes de carteiro, passava ao redor da mesa e os distribuía. O diácono, Kátia e Kóstia estavam exultantes, recebiam bilhetes engraçados e tentavam escrever com toda a graça que podiam.

"Precisamos conversar", leu Nadiéjda Fiódorovna num bilhetinho. Trocou olhares com Mária Konstantínovna, que deu um sorriso amanteigado e acenou com a cabeça.

"Mas falar de quê?", pensou Nadiéjda Fiódorovna. "Se não posso contar tudo, não há por que conversar."

Antes da visita ela dera o nó na gravata de Laiévski, e esse ato tão simples enchera a sua alma de ternura e tristeza. A preocupação no rosto de Laiévski, os olhares distantes, a palidez e a incompreensível mudança nos últimos tempos, e o fato de Nadiéjda Fiódorovna esconder dele um segredo terrível, repugnante, além do tremor de suas mãos enquanto fazia o nó; por algum motivo tudo isso lhe dizia que não iriam viver juntos por muito mais tempo. Olhava para ele como se fosse um ícone, com medo e arrependimento, e pensava: "Me perdoe, me perdoe...". Diante dela, à mesa, estava sentado Atchmiánov, que não desviava os olhos negros apaixonados; os desejos a agitavam, tinha vergonha de si própria e temia que mesmo a angústia e a tristeza não a impedissem de ceder a essa paixão baixa, se não hoje, amanhã — temia que, como um alcoólatra inveterado, já não tivesse forças para parar.

Para não continuar com essa vida, vergonhosa para ela e ultrajante para Laiévski, decidiu partir. Iria implorar, chorando, para que ele a deixasse ir, e se ele se opusesse, iria deixá-lo às escondidas. Não contaria o que aconteceu. Que ele guardasse dela uma recordação pura.

"Te amo, te amo, te amo", leu. "Este é de Atchmiánov".

Iria viver em algum rincão perdido, trabalhar e mandar para Laiévski dinheiro, camisas bordadas, tabaco "da parte de um desconhecido", e voltaria para ele apenas na velhice ou caso ele ficasse gravemente doente e precisasse de uma enfermeira. E então, quando ficasse sabendo dos motivos que a fizeram se recusar a ser sua mulher e deixá-lo, daria valor ao seu sacrifício e a perdoaria.

"A senhora tem um nariz comprido." — "Este deve ser do diácono ou de Kóstia."

Nadiéjda Fiódorovna imaginou como, despedindo-se de Laiévski, iria abraçá-lo forte, beijar a sua mão e jurar que o amaria por toda, toda a vida, e depois, vivendo num rincão perdido, entre pessoas desconhecidas, pensaria todo dia que em algum lugar tinha um amigo, uma pessoa querida, um homem puro, nobre e elevado, que guardava dela uma lembrança pura.

"Se a senhora não marcar um encontro comigo hoje, vou tomar providências, dou-lhe a minha palavra. Não se age assim com homens honrados, entenda isso." — "Este é de Kirílin."

XIII

Laiévski recebeu dois bilhetes; abriu um deles e leu: "Não vá embora, meu bem".

"Quem poderia ter escrito isso?", pensou. "Claro que não foi Samóilenko... Nem o diácono, pois ele não sabe que quero partir. Seria Von Koren?"

O zoólogo estava inclinado sobre a mesa e desenhava uma pirâmide. Laiévski teve a impressão de que seus olhos riam.

"Provavelmente Samóilenko abriu o bico...", pensou Laiévski.

No outro bilhete estava escrito com a mesma letra quebrada, cheia de rabinhos e ganchinhos: "Alguém não vai embora no sábado".

"Que chacota besta", pensou Laiévski. "Sexta, sexta..."

Alguma coisa lhe subiu até a garganta. Mexeu no colarinho e tossiu, mas em vez da tosse o que lhe escapou foi uma risada.

— Ha-ha-ha! — começou a gargalhar. — Ha-ha-ha! — "Estou rindo de quê?", pensou. — Ha-ha-ha!

Tentou se conter, tapou a boca com a mão, mas a risada lhe oprimia o peito e o pescoço, e a mão não conseguia fechar a boca.

"Mas como isto é besta!", pensava, rolando de rir. "Será que enlouqueci?"

A gargalhada ia ficando cada vez mais alta, até virar uma espécie de latido de cão maltês. Laiévski queria levantar-se da mesa, mas as pernas não o obedeciam, e a mão direita, contra a sua vontade, saltitava sobre a mesa, agarrava convulsivamente os papeizinhos e os amassava. Laiévski viu os olhares surpresos, o rosto sério e assustado de Samóilenko e os olhos do zoólogo, cheios de asco e de um escárnio frio, e entendeu que estava tendo uma crise histérica.

"Que horror, que vergonha", pensava, sentindo no rosto o calor das lágrimas... "Ai, ai, ai, que vexame! Nunca passei por isso..."

Sentiu que o pegavam por baixo dos braços e, segurando a sua cabeça por trás, levavam-no para algum canto; um copo lampejava diante de seus olhos e batia nos seus dentes, a água lhe escorria pelo peito; agora estava num quartinho, no meio havia duas camas, cobertas de colchas limpas, brancas feito neve. Laiévski desabou sobre uma das camas e caiu no choro.

— Não é nada, não é nada... — dizia Samóilenko. — Acontece... Acontece...

Gelada de medo, tremendo com o corpo todo e pressentindo algo terrível, Nadiéjda Fiódorovna estava ao pé da cama e perguntava:

— O que você tem? O que foi? Diga, pelo amor de Deus...

"Será que Kirílin escreveu alguma coisa para ele?", pensava.

— Não é nada... — disse Laiévski, rindo e chorando. — Saia daqui... pombinha.

Seu rosto não exprimia nem ódio, nem repulsa: quer dizer que não sabia de nada; Nadiéjda Fiódorovna acalmou-se um pouco e foi para a sala.

— Não se preocupe, querida! — disse Mária Konstantínovna, sentando-se ao lado e segurando a sua mão. — Vai passar. Os homens são tão fracos quanto nós, pecadoras. Vocês dois estão atravessando agora uma crise... isso é tão compreensível! Bem, minha querida, estou esperando uma resposta. Vamos conversar.

— Não, não vamos conversar... — disse Nadiéjda Fiódorovna, ouvindo os soluços de Laiévski. — Estou tão angustiada... Permita-me ir embora.

— Imagine, imagine, querida! — assustou-se Mária Konstantínovna. — Como pode pensar que vou deixá-la ir sem jantar? Fazemos um lanche, e depois você pode ir com Deus.

— Estou tão angustiada... — sussurrou Nadiéjda Fiódorovna e, para não cair, segurou-se com as duas mãos no braço da poltrona.

— Ele está com eclampsia! — disse Von Koren alegremente, entrando na sala, mas ao ver Nadiéjda Fiódorovna, ficou constrangido e saiu.

Quando a crise histérica terminou, Laiévski, sentado na cama de alguém, pensava: "Que vexame, abri o berreiro feito uma menininha! Devo estar ridículo e asqueroso. Vou sair pela porta dos fundos... Não, vão achar que estou levando esta crise a sério. O melhor é tratar tudo como uma brincadeira...".

Olhou-se no espelho, ficou sentado mais um instante e voltou para a sala.

— Voltei! — disse, sorrindo; sentia uma vergonha terrível e percebia que os outros também sentiam vergonha em sua presença. — Cada história que acontece — disse, sentando-se. — Lá estava eu e de repente, sabem como é, senti uma dor lancinante, terrível aqui no lado... uma dor insuportável, meus nervos não aguentaram, e vejam só que coisa besta. É este nosso século nervoso, fazer o quê?!

Durante o jantar, ele bebeu vinho, conversou e, de vez em quando, suspirava espasmodicamente, passando a mão no flanco, como para mostrar que a dor ainda estava lá. Ninguém, exceto Nadiéjda Fiódorovna, acreditava nele, e Laiévski via isso.

Às nove e pouco foram todos passear no bulevar. Nadiéjda Fiódorovna, com medo que Kirílin viesse conversar com ela, tentava ficar o tempo todo perto de Mária Konstantínovna e das crianças. Estava fraca de medo e de angústia e, pressentindo a febre, esmorecia e mal arrastava as pernas, mas não voltava para casa, pois tinha certeza de que seria seguida por Kirílin ou Atchmiánov, ou pelos dois. Kirílin seguia atrás, ao lado de Nikodim Aleksándritch, e cantarolava a meia-voz:

— Não vo-ou permiti-ir que se brinque comi-igo! Não vo-ou permiti-ir!

Do bulevar, viraram para o lado do pavilhão, foram andando pela orla e ficaram muito tempo olhando o mar fosforescente. Von Koren começou a explicar as causas da fosforescência.

XIV

— Bem, já é hora de *vintar*... Estão me esperando — disse Laiévski. — Adeus, senhores.

— Também vou com você, espere — disse Nadiéjda Fiódorovna e pegou-o pelo braço.

Despediram-se do grupo e foram andando. Kirílin despediu-se também, disse que era caminho para ele e foi andando ao lado.

"O que tiver de ser, será...", pensava Nadiéjda Fiódorovna. "Que seja..."

Parecia-lhe que todas as lembranças ruins saíram de sua cabeça e caminhavam agora a seu lado no escuro, e respiravam pesadamente, e que ela mesma, como uma mosca que caíra no tinteiro, arrastava-se a contragosto pelo meio da rua, sujando de preto o torso e o braço de Laiévski. Se Kirílin fizer alguma coisa de ruim, pensava, o culpado não será ele, mas só ela. Afinal, houve um tempo em que nenhum homem falava com ela como Kirílin, e ela mesma cortou esse tempo, como se fosse um fio, e o destruiu para sempre — e de quem é a culpa? Embriagada pelos desejos, ela começou a sorrir para um homem totalmente desconhecido, talvez apenas porque fosse vistoso e alto, em dois encontros cansou-se dele e o deixou, e, sendo assim — pensava agora —, por que ele não teria o direito de agir com ela como bem quisesse?

— Eu me despeço aqui, pombinha — disse Laiévski, parando. — Iegor Alekséitch vai acompanhá-la.

Despediu-se de Kirílin, cruzou rapidamente o bulevar, entrou pela rua e chegou à casa de Chechkóvski. As janelas estavam iluminadas e logo se ouviu o portão bater.

— Permita-me esclarecer as coisas — começou Kirílin. — Não sou moleque, não sou um Atchkássov ou Latchkássov, Zatchkássov qualquer... Eu exijo ser levado a sério!

O coração de Nadiéjda Fiódorovna começou a bater forte. Não respondeu nada.

— Primeiro eu entendia a mudança brusca no seu comportamento comigo como um gracejo — continuou Kirílin —, mas agora vejo que a senhora simplesmente não sabe lidar com pessoas honradas. A senhora simplesmente queria brincar comigo, como agora, com esse moleque armênio, mas eu sou um homem honrado e exijo ser tratado como um homem honrado. Assim, estou às suas ordens...

— Estou angustiada... — disse Nadiéjda Fiódorovna, começou a chorar e, para esconder as lágrimas, virou-se.

— Também estou angustiado, mas que importância isso tem?

Kirílin ficou um tempo calado e disse, de forma pausada e clara:

— Eu repito, senhora, que se não tivermos um encontro hoje, ainda hoje eu faço um escândalo.

— Deixe-me ir — disse Nadiéjda Fiódorovna e não reconheceu a própria voz, de tão chorosa e aguda.

— Eu tenho que lhe dar uma lição... Perdoe-me o tom rude, mas eu preciso lhe dar uma lição. Sim, infelizmente, tenho que lhe dar uma lição. Eu exijo dois encontros: hoje e amanhã. Depois de amanhã a senhora estará perfeitamente livre e poderá ir para onde quiser e com quem quiser. Hoje e amanhã.

Nadiéjda Fiódorovna aproximou-se do portão de casa e parou.

— Deixe-me ir! — sussurrava no escuro, tremendo com

o corpo todo, sem ver nada à frente, fora a farda branca. — O senhor tem razão, sou uma mulher horrível... a culpa é minha, mas deixe-me ir... Eu lhe peço... — tocou a sua mão fria e estremeceu. — Eu lhe imploro...

— Que pena! — suspirou Kirílin. — Que pena! Não está nos meus planos deixá-la ir, eu só quero lhe dar uma lição e fazê-la entender; e além disso, madame, não confio quase nada nas mulheres.

— Estou angustiada...

Nadiéjda Fiódorovna escutou o barulho constante do mar, olhou o céu coberto de estrelas e teve vontade de terminar tudo aquilo o mais rápido possível e se livrar daquela sua maldita vida de mar, estrelas, homens, febre...

— Mas não na minha casa... — disse friamente. — Leve-me para algum lugar.

— Vamos para a casa de Miurídov. É o melhor lugar.

— Onde é?

— Perto da muralha velha.

Ela foi andando rapidamente pela rua, depois virou numa travessa que levava às montanhas. Estava escuro. Em alguns pontos da calçada havia pálidas faixas de luz que vinham das janelas iluminadas, e ela tinha a sensação de que, como uma mosca, ora caía na tinta, ora saía dela para a luz. Kirílin vinha atrás. A certa altura ele tropeçou, quase caiu e riu.

"Está bêbado...", pensou Nadiéjda Fiódorovna. "Tanto faz... tanto faz... Que seja."

Atchmiánov logo também se despediu do grupo e foi atrás de Nadiéjda Fiódorovna para convidá-la a passear de barco. Aproximou-se de sua casa e olhou por cima da cerca: as janelas estavam completamente abertas, não havia luz.

— Nadiéjda Fiódorovna! — chamou.

Passou um minuto. Ele chamou novamente.

— Quem é? — ouviu-se a voz de Olga.

— Nadiéjda Fiódorovna está?

— Não. Não chegou ainda.

"Que estranho... Muito estranho", pensou Atchmiánov, começando a se sentir muito preocupado. "Ela ia para casa..."

Andou pelo bulevar, depois pela rua e espiou as janelas de Chechkóvski. Laiévski estava sentado à mesa, sem a casaca, e olhava as cartas com atenção.

— Que estranho, que estranho... — murmurou Atchmiánov e, ao lembrar da crise histérica de Laiévski, sentiu vergonha. — Se ela não está em casa, então onde está?

Foi de novo até a casa de Nadiéjda Fiódorovna e olhou as janelas escuras.

"Isso é uma trapaça, uma trapaça...", pensava, lembrando que fora ela que, ao encontrá-lo ao meio-dia na casa dos Bitiugov, prometera passear de barco à noite.

As janelas da casa em que morava Kirílin estavam escuras, e no banquinho ao lado do portão estava sentado um policial que dormia. Ao olhar as janelas e o guarda, Atchmiánov compreendeu tudo. Decidiu voltar para casa e foi-se embora, mas deu consigo de novo ao lado da casa de Nadiéjda Fiódorovna. Sentou-se num banquinho e tirou o chapéu, sentindo que a cabeça lhe ardia de ciúme e afronta.

Na igreja da cidade o relógio batia apenas duas vezes por dia: ao meio-dia e à meia-noite. Pouco depois das batidas da meia-noite, ouviram-se passos apressados.

— Então, amanhã à noite de novo na casa de Miurídov! — Atchmiánov ouviu e reconheceu a voz de Kirílin. — Às oito horas. Passar bem!

Nadiéjda Fiódorovna apareceu perto da cerca. Sem notar que Atchmiánov estava sentado no banquinho, passou como uma sombra ao seu lado, abriu o portão e, deixando-o aberto, entrou em casa. No quarto, acendeu uma vela e despiu-se rapidamente, mas não se deitou na cama, ficou de joelhos diante de uma cadeira, abraçou-a e encostou nela a testa.

Laiévski voltou para casa depois das duas.

XV

Tendo decidido não mentir de uma vez, mas por partes, Laiévski foi até Samóilenko no dia seguinte, depois da uma da tarde, para pedir dinheiro e partir impreterivelmente no sábado. Depois da crise histérica da véspera, que somara um sentimento agudo de vergonha ao estado já penoso de sua alma, continuar na cidade tornara-se inconcebível. Se Samóilenko insistir nas condições, pensava, sempre se pode aceitar, pegar o dinheiro e amanhã, bem na hora da partida, dizer que Nadiéjda Fiódorovna se recusou a ir; ainda hoje à noite ele pode convencê-la de que tudo isso é para o bem dela. Agora, se Samóilenko, que evidentemente está sob influência de Von Koren, recusar-se totalmente a dar o dinheiro ou impuser novas condições, ele, Laiévski, parte hoje mesmo no navio cargueiro, ou até num veleiro, para Novo Atos ou Novorossisk, de lá manda para a mãe um telegrama humilhante e fica por ali até a mãe enviar o dinheiro para a viagem.

Ao chegar na casa de Samóilenko, encontrou Von Koren na sala. O zoólogo tinha acabado de chegar para o almoço e, como de costume, com o álbum aberto, olhava homens de cartola e mulheres de touca.

"Mas que fora de hora!", pensou Laiévski ao vê-lo. "Ele pode atrapalhar."

— Boa tarde!

— Boa tarde — respondeu Von Koren sem olhar.

— Aleksandr Davíditch está?

— Sim. Na cozinha.

Laiévski foi até a cozinha, mas ao ver pela porta que Samóilenko estava ocupado com a salada, voltou à sala e se sentou. Sempre ficava constrangido na presença do zoólogo e agora temia ter que falar sobre a crise histérica. Passaram mais de um minuto em silêncio. De repente, Von Koren levantou os olhos para Laiévski e perguntou:

— Como o senhor se sente depois de ontem?

— Muito bem — respondeu Laiévski, corando. — Na realidade, não aconteceu nada de mais...

— Até ontem eu achava que só mulher tem crise histérica, por isso no começo pensei que o senhor estivesse com a dança de são vito.[37]

Laiévski deu um sorriso adulador e pensou: "Que falta de delicadeza da parte dele. Afinal, ele sabe perfeitamente que é difícil para mim...".

— Sim, a história foi bem engraçada — disse, continuando a sorrir. — Hoje passei a manhã inteira rindo. O curioso numa crise histérica é que você sabe que ela é ridícula e no fundo ri dela, mas chora ao mesmo tempo. Neste século nervoso somos escravos dos nossos nervos; eles são os nossos senhores e fazem o que querem conosco. Nesse aspecto, a civilização nos deu um presente de grego...

Laiévski falava, e era penoso que Von Koren, sério, ouvisse-o com atenção, olhasse-o com atenção, sem piscar, como se o estudasse; também era irritante que, apesar da antipatia por Von Koren, Laiévski não conseguisse tirar do rosto o sorriso adulador.

— Porém, devo confessar — continuou —, que havia motivos prementes para a crise, bem sérios até. Nos últimos tempos a minha saúde desandou. Some a isso o tédio, a eter-

[37] Nome popular da "coreia de Sydenham", manifestação clínica da febre reumática que provoca movimentos espasmódicos incontroláveis no corpo do doente. (N. da T.)

na falta de dinheiro... a ausência de pessoas e de interesses em comum... Estou pior que um governador...[38]

— Sim, a sua situação não tem saída — disse Von Koren.

Essas palavras calmas e frias, que continham talvez escárnio, talvez uma profecia indesejada, ofenderam Laiévski. Lembrou-se do olhar do zoólogo na véspera, um olhar cheio de escárnio e asco, ficou um momento em silêncio e perguntou, já sem sorrir:

— E o senhor, como sabe da minha situação?

— O senhor mesmo acabou de falar dela. Além do mais, os seus amigos se preocupam tanto com a sua vida que o dia inteiro só se ouve falar do senhor.

— Que amigos? Samóilenko, por acaso?

— Sim, ele também.

— Eu pediria a Aleksandr Davíditch e a meus amigos em geral para preocupar-se menos comigo.

— Aí vem Samóilenko, peça a ele que se preocupe menos com o senhor.

— Eu não entendo o seu tom... — balbuciou Laiévski; e só então foi tomado de golpe pela compreensão de que o zoólogo o odiava, desprezava e debochava dele, que o zoólogo era o seu pior e mais implacável inimigo. — Guarde esse tom para outra pessoa — disse baixo, sem forças para falar alto por causa do ódio que lhe oprimia o peito e o pescoço, tal como na véspera o desejo de rir.

Samóilenko entrou sem a casaca, suado e roxo por causa do calor da cozinha.

— Ah, você por aqui? — disse. — Boa tarde, meu caro. Já almoçou? Não faça cerimônia, diga: já almoçou?

[38] No jargão de criadores de cavalos, "governador" era o macho usado apenas para atiçar a fêmea, que depois seria acasalada com um reprodutor. (N. da T.)

— Aleksandr Davíditch — disse Laiévski, levantando-se —, se pedi um favor pessoal, isso não queria dizer que o dispensei da obrigação de ser discreto e de respeitar os segredos alheios.

— O que foi? — surpreendeu-se Samóilenko.

— Se você não tem dinheiro — continuou Laiévski, subindo a voz, apoiando-se, de nervoso, ora numa perna, ora na outra —, não dê, recuse, mas para que bradar em cada esquina que a minha situação não tem saída e tudo o mais? Não suporto esses favores e préstimos caridosos, quando a boa ação vale um copeque e a falação vale um rublo! Pode se gabar o quanto quiser dos seus favores, mas ninguém lhe deu o direito de revelar os meus segredos!

— Que segredos? — perguntou Samóilenko perplexo, começando a se irritar. — Se você veio para brigar, é melhor ir embora. Volte depois!

Lembrou-se de uma regra para vencer a ira contra o próximo: comece a contar mentalmente até cem e você vai se acalmar; e começou a contar rapidamente.

— Peço-lhe que não se preocupe comigo! — continuou Laiévski. — Não me dê importância. E quem tem alguma coisa a ver com o que sou e como vivo? Sim, eu quero ir embora! Sim, eu faço dívidas, bebo, vivo com a mulher alheia, tenho uma crise histérica, sou vulgar, não tenho pensamentos tão profundos como certas pessoas, mas quem é que tem alguma coisa a ver com isso? Respeitem o indivíduo!

— Me perdoe, meu irmão — disse Samóilenko, tendo contado até 35 —, mas...

— Respeitem o indivíduo! — interrompeu-o Laiévski. — O tempo todo essas conversas sobre os outros, esses *ais* e *uis*, o tempo todo essa vigilância, esse ouvido em pé, essa solidariedade amiga... pro inferno! Me emprestam dinheiro e propõem condições como se eu fosse um moleque! Me tratam com superioridade, como se eu fosse deus sabe o quê!

Não quero nada! — gritou Laiévski, balançando-se de tanta comoção e com medo de ter uma nova crise histérica. — "Quer dizer que não vou embora no sábado", passou pela sua cabeça. — Não quero nada! Eu só peço o favor de me livrarem da tutela. Não sou moleque nem louco e peço que parem com essa vigilância.

O diácono entrou e, ao ver Laiévski pálido, agitando os braços e discursando para o retrato do príncipe Vorontsov, ficou parado perto da porta.

— Essa mania de bisbilhotar a minha alma — continuou Laiévski — ofende a minha dignidade humana, e eu peço aos detetives de plantão que parem com essa espionagem! Chega!

— O que você... o que o senhor disse? — perguntou Samóilenko, já tendo contado até cem, todo roxo e aproximando-se de Laiévski.

— Chega! — repetiu Laiévski, perdendo o fôlego e pegando o quepe.

— Sou um médico russo, um nobre, um conselheiro de Estado! — disse Samóilenko pausadamente. — Nunca fui espião e não vou permitir que ninguém me ofenda! — gritou com a voz trêmula, acentuando a última palavra. — Cale a boca!

O diácono, que jamais vira o médico tão majestoso, empolado, roxo e assustador, tapou a boca, correu para a entrada e caiu na risada. Como através de uma neblina, Laiévski viu Von Koren levantar-se, pondo as mãos nos bolsos das calças, e parar na pose de quem espera o que vai acontecer; essa pose calma pareceu a Laiévski altamente petulante e ofensiva.

— Faça o favor de retirar as suas palavras! — gritou Samóilenko.

Laiévski, que já não lembrava quais palavras tinha dito, respondeu:

— Me deixem em paz! Não quero nada! Eu só quero que o senhor e esses judeuzinhos alemães me deixem em paz! Senão vou tomar providências! Vou querer briga!

— Agora está claro — disse Von Koren saindo de trás da mesa. — Antes de partir o senhor Laiévski quer divertir-se com um duelo. Eu posso lhe dar essa alegria. Senhor Laiévski, eu aceito o seu desafio.

— Desafio? — disse baixo Laiévski, aproximando-se do zoólogo e olhando com ódio para a testa morena e os cabelos cacheados. — Desafio? Com todo prazer! Eu odeio o senhor! Odeio!

— Fico muito contente. Amanhã bem cedinho perto de Kerbalai, com todos os detalhes a seu gosto. E agora, fora daqui.

— Odeio! — dizia baixo Laiévski, respirando pesado. — Faz tempo que odeio! Duelo! Sim!

— Tire-o daqui, Aleksandr Davíditch, senão eu vou embora — disse Von Koren. — Ele vai me morder.

O tom calmo de Von Koren esfriou o médico; de repente, ele caiu em si, recobrou o juízo, segurou com as duas mãos Laiévski pela cintura e, afastando-o do zoólogo, começou a balbuciar com uma voz carinhosa, trêmula por causa da agitação:

— Meus amigos... somos gente boa, amável... Perdemos o controle, agora chega... chega... Meus amigos...

Ao ouvir uma voz suave, amistosa, Laiévski sentiu que alguma coisa de inconcebível e monstruoso acabara de acontecer na sua vida, como se quase tivesse sido esmagado por um trem; por um triz não chorou, acenou com a mão e saiu correndo do cômodo.

"Sentir na própria pele o ódio alheio, mostrar-me da forma mais lastimável, infame e impotente diante da pessoa que me odeia — meu Deus, como é difícil!", pensava ele pouco depois, sentado no pavilhão e com uma sensação de ferrugem no corpo por causa do ódio de Von Koren. "Como é grosseiro, meu Deus!"

A água fria e o conhaque animaram-no um pouco. Imaginou com nitidez o rosto calmo e arrogante de Von Koren, seu olhar do dia anterior, a camisa que parecia um tapete, a voz, as mãos brancas; e um ódio pesado, passional, faminto começou a se remexer no seu peito e a exigir satisfação. Em pensamento, derrubou Von Koren no chão e começou a pisoteá-lo. Lembrava nos mínimos detalhes tudo o que havia acontecido e surpreendia-se de ter podido sorrir com adulação para um sujeito reles e, de resto, prezar a opinião de gentinha mesquinha, que ninguém sabe quem é, que mora na mais desprezível das cidades, que talvez nem exista no mapa e que nenhuma pessoa decente em Petersburgo sequer conhece. Se essa cidadezinha desaparecesse sob a terra ou fosse destruída pelo fogo, o telegrama com a notícia seria lido na Rússia com o mesmo tédio que provoca um anúncio de venda de móveis usados. Matar amanhã Von Koren ou deixá-lo vivo — tudo isso é indiferente, igualmente inútil e desinteressante. Queria atirar no braço ou na perna, feri-lo, depois zombar e deixá-lo se perder com o seu sofrimento surdo na multidão de pessoas tão desprezíveis quanto ele, assim como um inseto com uma patinha arrancada se perde no meio da grama.

Laiévski foi até Chechkóvski, contou-lhe tudo e convidou-o a ser seu padrinho; depois os dois foram até o chefe da agência de correios e telégrafos, convidaram-no também a ser padrinho e ficaram na sua casa para almoçar. Durante o almoço, fizeram piadas e riram muito; Laiévski caçoava do fato de praticamente não saber atirar e se chamava de atirador de primeira, de Guilherme Tell.

— É preciso dar uma lição nesse senhor... — dizia.

Depois do almoço sentaram-se para jogar cartas. Laiévski jogava, bebia vinho e pensava que o duelo em geral é uma coisa tola e estúpida, pois não resolve nenhuma questão, apenas a complica, mas às vezes não se pode abrir mão dele. Por exemplo, nesse caso: afinal, não se pode fazer uma queixa sobre Von Koren ao juiz de paz! E o duelo iminente também é bom porque depois não será mais possível ficar na cidade. Laiévski estava levemente embriagado, distraía-se com as cartas e sentia-se bem.

Mas quando o sol se pôs e ficou escuro, foi tomado por uma inquietação. Não era medo da morte porque, enquanto almoçava e jogava cartas, por algum motivo tinha dentro de si a certeza de que o duelo não iria dar em nada; era um medo diante de alguma coisa desconhecida, que amanhã de manhã deveria acontecer pela primeira vez na sua vida, e o medo da noite que se aproximava... Sabia que essa noite seria longa, insone, e que teria de pensar não apenas em Von Koren e seu ódio, mas também naquela montanha de mentiras que precisaria transpor e que ele não tinha nem forças, nem habilidade para contornar. Parecia ter ficado doente de uma vez; de súbito perdeu todo interesse nas cartas e nas pessoas, ficou inquieto e começou a pedir que o deixassem ir para casa. Queria deitar-se na cama o quanto antes, não se mexer e preparar os pensamentos para a noite. Chechkóvski e o funcionário dos correios acompanharam-no e foram até Von Koren para falar sobre o duelo.

Perto de casa, Laiévski encontrou Atchmiánov. O jovem estava sem fôlego e agitado.

— Estava procurando o senhor, Ivan Andréitch! — disse. — Por favor, vamos depressa...

— Para onde?

— Um senhor, que não é conhecido seu, deseja vê-lo, ele tem um assunto muito importante para tratar. Ele insiste muito que venha por um minuto. Precisa falar sobre alguma coisa com o senhor... Para ele é questão de vida ou morte...

Nervoso como estava, Atchmiánov pronunciou tudo isso com um forte sotaque armênio, e em vez de "vida" lhe saiu "vieda".

— Quem é? — perguntou Laiévski.

— Ele pediu para não dizer o nome.

— Diga que estou ocupado. Amanhã, se ele quiser...

— Não pode! — assustou-se Atchmiánov. — O que ele quer dizer é uma coisa muito importante para o senhor... muito importante! Se o senhor não for, vai acontecer uma desgraça.

— Estranho... — murmurou Laiévski, sem entender por que Atchmiánov estava tão agitado e que segredos podia haver numa cidade tão nula e tediosa. — Estranho — repetiu pensativo. — Quer saber? Vamos. Tanto faz.

Atchmiánov foi à frente, andando rápido, e Laiévski foi atrás. Passaram por uma rua, depois por uma ruela.

— Como isso é tedioso — disse Laiévski.

— Já vai, já vai... Está perto.

Perto da muralha velha seguiram por uma ruela estreita, entre dois terrenos baldios e cercados, depois entraram num grande pátio e dirigiram-se a uma casinha...

— É a casa de Miurídov, não é? — perguntou Laiévski.

— Sim.

— Mas por que estamos indo pelos fundos? Não entendo. Podíamos ter ido pela rua. Seria mais perto...

— Não faz mal, não faz mal...

Laiévski achou igualmente estranho que Atchmiánov o tivesse levado até a porta dos fundos e acenasse com a mão, como que convidando-o a pisar de leve e a ficar quieto.

— Por aqui, por aqui... — disse Atchmiánov, abrindo a porta com cuidado e entrando na ponta dos pés. — Menos barulho, menos barulho, eu lhe peço... Podem ouvir.

Ele aguçou o ouvido, respirou pesadamente e sussurrou:

— Abra essa porta e entre... Não tenha medo.

Perplexo, Laiévski abriu a porta e entrou num quarto de teto baixo e janelas encortinadas. Havia uma vela sobre a mesa.

— Está procurando quem? — perguntou uma voz do quarto vizinho. — É você, Miuridka?

Laiévski entrou no outro quarto e viu Kirílin e, a seu lado, Nadiéjda Fiódorovna.

Ele não ouviu o que lhe disseram, recuou e nem notou como foi parar na rua. O ódio contra Von Koren e a preocupação — tudo desapareceu de sua alma. Voltando para casa, agitava desengonçado o braço direito e olhava atento para o chão, tentando evitar os desníveis. Em casa, no gabinete, esfregando as mãos e mexendo desajeitado os ombros e o pescoço, como se o paletó e a camisa o apertassem, andou de um lado para o outro, depois acendeu uma vela e sentou-se à mesa...

XVI

— As ciências humanas de que o senhor fala só vão satisfazer o pensamento dos homens quando se encontrarem com as ciências exatas e passarem a andar a seu lado. Se esse encontro vai se dar sob um microscópio ou nos monólogos de um novo Hamlet, eu não sei, mas penso que a terra há de se cobrir de uma camada de gelo antes que isso aconteça. O saber mais resistente e vivo das humanidades é, sem dúvida, o ensinamento de Cristo, mas veja como mesmo esse ensinamento é compreendido de formas diferentes! Uns pregam que devemos amar todos os semelhantes, mas abrem exceção para soldados, criminosos e loucos: pode-se matar na guerra os primeiros, isolar ou executar os segundos e aos terceiros se proíbe contrair matrimônio. Outros exegetas pregam que devemos amar a todos, sem exceção, sem discriminar os pontos positivos e negativos. Segundo eles, se um tísico, um assassino ou um epilético vier pedir a sua filha em casamento, você deve entregá-la; se uns cretinos entrarem em guerra contra pessoas saudáveis física e mentalmente, essas devem oferecer as próprias cabeças. No final das contas, se tivesse força de lei, essa pregação do amor pelo amor, assim como da arte pela arte, levaria a humanidade à completa extinção e, dessa forma, daria lugar ao maior dos males que já aconteceram sobre a terra. Há muitas interpretações, e, sendo muitas, um espírito sério não se contenta com nenhuma delas e apressa-se a adicionar a sua própria à massa das já existentes. Por isso, jamais ponha a questão, como o senhor diz, sobre uma base filosófica ou, como dizem, cristã; com isso o senhor apenas se afasta da solução do problema.

O diácono ouviu o zoólogo com atenção, pensou um pouco e perguntou:

— A lei moral, que é inerente a cada ser humano, foi inventada pelos filósofos ou Deus a criou junto com o corpo?

— Não sei. Mas essa lei é tão comum a todos os povos e todas as épocas que me parece que devemos reconhecê-la como ligada organicamente ao ser humano. Ela não foi inventada, ela existe e continuará existindo. Não vou dizer que um dia será vista ao microscópio, mas a sua ligação orgânica já é provada pela evidência: até onde eu sei, as moléstias graves do cérebro e todas as doenças ditas mentais se manifestam sobretudo na deturpação da lei moral.

— Pois bem. Quer dizer que, assim como o estômago quer comer, o sentimento moral quer que amemos o próximo. Certo? Mas, por egoísmo, a nossa índole natural se opõe à voz da consciência e da razão, e por isso surgem muitas questões que nos fazem quebrar a cabeça. A quem então devemos nos voltar para resolvê-las, já que o senhor não me deixa pôr essas questões sobre uma base filosófica?

— Volte-se para os parcos conhecimentos exatos que nós temos. Confie nas evidências e na lógica dos fatos. É verdade que isso é pouco, mas em compensação não é tão instável e vago como a filosofia. Digamos que a lei moral exija que o senhor ame os seres humanos. Pois então? O amor deve consistir na eliminação de tudo que, de uma forma ou de outra, prejudica os seres humanos e os põe em perigo no presente ou no futuro. Os nossos conhecimentos e as evidências dizem ao senhor que a humanidade é ameaçada pelos que são anormais moral e fisicamente. Se é assim, lute contra os anormais. Se o senhor não consegue elevá-los até a norma, então tenha força e habilidade suficientes para neutralizá-los, ou seja, exterminá-los.

— Então o amor consiste no mais forte vencer o mais fraco?

— Sem dúvida.

— Mas foram os fortes deste mundo que crucificaram o Nosso Senhor Jesus Cristo! — disse o diácono com ardor.

— Aí é que está, ele foi crucificado não pelos fortes, mas pelos fracos. A cultura humana afrouxou a luta pela sobrevivência e a seleção e tenta reduzi-las a zero; daí a rápida multiplicação dos fracos e o seu predomínio sobre os fortes. Imagine que o senhor tenha conseguido incutir nas abelhas ideias humanitárias na sua forma mais simples e rudimentar. O que vai acontecer? Os zangões, que devem ser mortos, vão continuar vivos, comer o mel, perverter e sufocar as abelhas — como resultado, teremos o predomínio dos fracos sobre os fortes e a extinção destes últimos. Entre os selvagens que ainda não foram tocados pela cultura, quem vai à frente é o mais forte, o mais inteligente e o que mais corresponde às normas morais; ele é o líder e o soberano. Enquanto nós, os aculturados, crucificamos o Cristo e continuamos a crucificá-lo. Isso significa que nos falta alguma coisa... E devemos restabelecer essa "coisa" entre nós, caso contrário esses mal-entendidos não terão fim.

— Mas que critério o senhor tem para distinguir os fortes dos fracos?

— O conhecimento e as evidências. Os tísicos e os escrofulosos são reconhecidos por suas doenças, e os imorais e os loucos, por seus atos.

— Mas podem ocorrer erros!

— Sim, mas não há por que ter medo de molhar os pés, quando a ameaça é uma enchente.

— Isso é filosofia — riu o diácono.

— Nem um pouco. O senhor foi tão estragado pela sua filosofia de seminário que só quer ver névoa ao redor. As ciências abstratas, de que está cheia a sua jovem cabeça, são chamadas de abstratas precisamente porque abstraem a razão das evidências. Olhe bem nos olhos do diabo e, se for o diabo, diga que é o diabo e não vá atrás de Kant ou Hegel para obter explicações.

Por um instante o zoólogo ficou em silêncio e continuou:

— Dois vezes dois são quatro, e uma pedra é uma pedra. Amanhã temos um duelo. Eu e o senhor vamos dizer que isso é tolo e absurdo, que duelo é coisa do passado, que o duelo aristocrático, na sua essência, não difere em nada de uma briga de bêbados num botequim, e no entanto isso não vai nos deter, vamos até lá e vamos brigar. Significa que existe uma força mais forte que as nossas argumentações. Bradamos que a guerra é bandidagem, barbárie, horror, fratricídio, não conseguimos ver sangue sem desmaiar; mas basta os franceses ou os alemães nos ofenderem, e imediatamente sentiremos o ânimo se exaltar, gritaremos *hurra* com toda a sinceridade e nos lançaremos sobre o inimigo, o senhor invocará a bênção divina sobre as nossas armas e a nossa valentia provocará o entusiasmo geral que, aliás, será sincero. Mais uma vez, significa que existe uma força que, se não for mais elevada, pelo menos é mais forte que nós e nossa filosofia. Não podemos detê-la, da mesma forma como não podemos deter essa nuvem que vem avançando do mar. Então não seja hipócrita, não ameace pelas costas e não diga: "Ai, que tolice! Ai, que antiquado! Ai, não está de acordo com as Escrituras!", mas olhe bem nos olhos dessa força, admita a sua legitimidade racional, e quando ela, por exemplo, quiser exterminar uma raça débil, escrofulosa e depravada, não crie obstáculos com as suas pílulas e citações do Evangelho mal compreendido. Leskov tem um tal de Danila,[39] muito cons-

[39] Referência ao conto "O consciencioso Danila", de Nikolai Leskov. (N. da T.)

ciencioso, que encontra um leproso fora da cidade e passa a alimentá-lo e aquecê-lo em nome do amor e de Cristo. Se esse Danila realmente amasse os homens, teria arrastado o leproso para bem longe da cidade, largado numa vala e ido servir aos saudáveis. O legado de Cristo, creio eu, é o amor sensato, consciente e útil.

— Veja só como o senhor é! — riu o diácono. — Não acredita em Cristo, mas então para que usa o Seu nome com tanta frequência?

— Não, eu acredito. Mas do meu jeito, é claro, não do seu. Ei, diácono, diácono! — riu o zoólogo, pegou o diácono pela cintura e disse alegre: — E então? Vamos ao duelo amanhã?

— O meu cargo eclesiástico não permite, senão eu iria.

— Mas o que significa "cargo eclesiástico"?

— Sou consagrado. Tenho a graça divina.

— Ei, diácono, diácono — repetiu Von Koren, rindo. — Gosto de conversar com o senhor.

— O senhor diz que tem fé — disse o diácono. — Mas que fé é essa? Eu, por exemplo, tenho um tio que é padre; pois ele tem tanta fé que, quando vai ao campo durante a seca para pedir que chova, leva um guarda-chuva e um casaco de couro para não ficar molhado na volta. Isso sim é que é fé! Quando fala sobre Cristo, ele se ilumina todo, e as mulheres e os homens ficam todos aos prantos. Ele deteria até essa nuvem e botaria para correr qualquer uma dessas forças de que o senhor fala. Sim... A fé move montanhas.

O diácono riu e deu tapinhas no ombro do zoólogo.

— Pois é... — continuou. — O senhor, por exemplo, não para de instruir os outros, de decifrar as profundezas do mar, de analisar os fracos e os fortes, de escrever livros e desafiar para duelos — e tudo fica onde estava. Agora, veja só, um velhinho fraquinho murmura uma palavra inspirado pelo Espírito Santo ou um novo Maomé chega a galope da Arábia, empunhando um sabre, e tudo nesse seu mundo voa pelos ares, e na Europa não vai sobrar pedra sobre pedra.

— Mas dizer isso, diácono, é o mesmo que escrever com uma forquilha nas nuvens.

— A fé sem obras é morta, mas agir sem fé é ainda pior, é pura perda de tempo e nada mais.

O médico apareceu no cais. Viu o diácono e o zoólogo e aproximou-se.

— Parece que tudo está pronto — disse, sem fôlego. — Govoróvski e Boiko serão os padrinhos. Vão passar às cinco da manhã. Como fechou o tempo! — disse, olhando o céu. — Não dá para ver nada. Já, já começa a chover.

— Você vai conosco, eu espero — disse Von Koren.

— Não, Deus me livre, já estou exausto. Ustimóvitch vai no meu lugar. Já falei com ele.

Um raio lampejou ao longe sobre o mar, e ouviram-se trovoadas surdas.

— Como está abafado antes da tempestade! — disse Von Koren. — Aposto que você já esteve na casa de Laiévski e chorou no peito dele.

— Para que eu iria até lá? — respondeu o médico, encabulado. — Só faltava!

Antes do pôr do sol ele passara algumas vezes pelo bulevar e pela rua na esperança de encontrar Laiévski. Estava envergonhado pelo acesso de cólera e pelo impulso de bondade que se seguira ao acesso. Queria desculpar-se com Laiévski em tom de brincadeira, repreendê-lo, acalmá-lo e dizer que o duelo é um resquício da barbárie medieval, mas que naquele caso era um sinal da Providência, um meio de fazer as pazes: amanhã, depois de trocar tiros, os dois, homens maravilhosos, de uma inteligência extraordinária, iriam reconhecer a nobreza do outro e ficar amigos. Mas Laiévski não aparecera em nenhum momento.

— Para que eu iria até lá? — repetiu Samóilenko. — Foi

ele quem me ofendeu, não eu. Você pode me dizer por que ele partiu para cima de mim? Que mal eu lhe fiz? Entro na sala e de repente, do nada: "Você é um espião!". Assim! Me diga: como isso começou entre vocês? O que você disse a ele?

— Eu disse que a situação dele não tem saída. E eu estava certo. Só os honestos e os safados podem encontrar uma saída em qualquer situação. Mas quem quer ser honesto e safado ao mesmo tempo não tem saída. No entanto, senhores, já são onze horas, e amanhã temos que levantar cedo.

De repente subiu uma ventania, levantou poeira no cais, começou a girá-la num turbilhão, virou um uivo e encobriu o barulho do mar.

— Um temporal! — disse o diácono. — Temos que ir, entrou poeira nos meus olhos.

Quando começaram a andar, Samóilenko suspirou e disse, segurando o quepe:

— Acho que não vou dormir esta noite.

— Não precisa se preocupar — riu o zoólogo. — Pode ficar tranquilo, o duelo não vai dar em nada. Laiévski vai generosamente atirar para o ar, não é capaz de outra coisa, e eu, provavelmente, nem vou atirar. Ser processado por causa de Laiévski, perder tempo — não compensa. Aliás, qual é a pena para um duelo?

— Detenção e, no caso de morte do adversário, até três anos de prisão em fortaleza.

— Na de Pedro e Paulo?[40]

— Não, numa militar, eu acho.

— Se bem que seria bom dar uma lição nesse moço!

Atrás, sobre o mar, um raio lampejou e iluminou por um instante os telhados das casas e as montanhas. Perto do bulevar, os amigos se separaram. Quando o médico desapareceu

[40] Fortaleza em São Petersburgo, para onde eram mandados os presos políticos. (N. da T.)

na escuridão, e já sumia o som de seus passos, Von Koren gritou:

— Tomara que o tempo não atrapalhe amanhã!

— Pois é! Aliás, queira Deus que atrapalhe!

— Boa noite!

— Como? O que você disse?

Era difícil ouvir com o barulho do vento, do mar e das trovoadas.

— Nada! — gritou o zoólogo e foi com pressa para casa.

XVII

Na mente, acuada pela dor,
Amargos pensamentos se amontoam;
E em silêncio as lembranças, sem pudor
A sua longa lista desenrolam.
Eu leio a minha vida com horror,
Abomino-a e tremo de pavor,
Às lágrimas lamento meu fracasso,
Mas essas tristes linhas não desfaço.

Púchkin

Se amanhã de manhã o matarem ou apenas rirem dele, ou seja, se o deixarem vivo, de qualquer maneira ele já está morto. Se essa mulher desonrada se matar de desespero e vergonha ou continuar a arrastar sua existência lastimável, de qualquer maneira ela já está morta...

Assim pensava Laiévski, sentado à mesa, tarde da noite, ainda esfregando as mãos. A janela de repente se abriu e bateu, o quarto foi invadido por um vento forte e os papéis voaram da mesa. Laiévski trancou a janela e se inclinou para recolher os papéis. Sentia no corpo uma coisa diferente, uma certa falta de jeito que não tinha antes, e não reconhecia os próprios movimentos; andava acuado, levantando os cotovelos e repuxando os ombros, e quando sentou-se à mesa começou de novo a esfregar as mãos. Sentia o corpo enrijecido.

Na véspera da morte é preciso escrever aos entes queridos, pensava Laiévski. Pegou a pena e escreveu com letra trêmula: "Mamãe!".

Queria escrever à mãe para que ela, em nome do Deus caridoso em que acreditava, acalentasse e desse abrigo a essa mulher infeliz, desonrada por ele, solitária, miserável e fraca, para que esquecesse e perdoasse tudo, tudo, tudo e com esse sacrifício expiasse pelo menos uma parte do terrível pecado do filho; mas lembrou como a mãe, uma velha gorda e pesada, de touca de renda, saía pela manhã para o jardim, como atrás dela vinha a agregada com um cão maltês, como a mãe gritava com uma voz intransigente com o jardineiro e os criados e como o seu rosto era orgulhoso e arrogante — lembrou-se disso tudo e riscou a palavra que escrevera.

Um raio lampejou forte nas três janelas, e em seguida ouviu-se um trovão ensurdecedor e prolongado, primeiro surdo, depois com um estalo e um estrondo, tão forte que os vidros das janelas tilintaram. Laiévski levantou-se, foi até a janela e encostou a testa contra o vidro. Lá fora caía uma tempestade forte e bela. No horizonte, os raios, como fitas brancas, se lançavam incessantemente das nuvens para o mar e iluminavam até longe as ondas altas e negras. À direita e à esquerda e, provavelmente, também acima da casa, os raios lampejavam.

— Uma tempestade! — sussurrou Laiévski; sentia o desejo de rezar para alguém ou para algo, nem que fosse para o raio ou para as nuvens. — Minha querida tempestade!

Lembrou-se de como na infância, durante as tempestades, corria para o jardim com a cabeça descoberta, e atrás dele corriam duas meninas de cabelos claros e olhos azuis, e todos se molhavam de chuva; todos riam de júbilo, e, quando se ouvia um trovão forte, as meninas colavam-se crédulas ao menino, que fazia o sinal da cruz e apressava-se em dizer: “Santo, Santo, Santo...”. Oh, para onde vocês foram, em que mar se afundaram, germes de uma vida bela e pura? Laiévski já não tem medo de tempestade nem gosta da natureza, não tem Deus, todas as meninas crédulas que conheceu já foram destruídas por ele e por seus coetâneos, durante toda a vida não plantou no próprio jardim uma arvorezinha sequer, não fez crescer a menor plantinha e, vivendo entre os vivos, não salvou uma mosca, apenas destruiu, matou e mentiu, mentiu...

"O que não foi vício no meu passado?", perguntava-se, tentando se agarrar a qualquer lembrança luminosa, como quem cai num precipício e tenta se agarrar aos arbustos.

O ginásio? A universidade? Mas tudo isso foi uma fraude. Estudou mal e esqueceu o que lhe ensinaram. Trabalho em prol da sociedade? Fraude também, pois no serviço não fazia nada, recebia o ordenado fácil e seu trabalho era um roubo vil do dinheiro público, pelo qual não seria processado.

Não precisava da verdade, não a buscava, sua consciência dormia e silenciava, enfeitiçada pelo vício e pela mentira; feito um estranho, um habitante de outro planeta, ele não participava da vida comum das pessoas, era indiferente a seus sofrimentos, a suas ideias, religiões, a seus conhecimentos, a suas buscas, a sua luta; nunca disse às pessoas uma palavra boa, não escreveu nenhuma linha útil, uma linha que não fosse vulgar, não fez às pessoas nada que valesse um centavo, apenas comia seu pão, bebia seu vinho, roubava suas mulheres, vivia com seus pensamentos e, para justificar diante dos outros e de si mesmo a própria vida infame e parasitária, tentou sempre parecer superior e melhor que eles. Mentiras, mentiras e mentiras...

Lembrou-se claramente do que vira à noite na casa de Miurídov e sentiu um horror insuportável, de nojo e de angústia. Kirílin e Atchmiánov são repugnantes, mas afinal apenas continuaram o que ele começou; são seus cúmplices e pupilos. De uma mulher jovem e fraca, que confiava nele mais que num irmão, tirara o marido, o círculo de amizades, a pátria e a trouxera para cá — para o calor, a febre e o tédio; dia após dia, só restava a ela refletir, como um espelho, o ócio, os vícios e as mentiras de Laiévski — e era só isso que havia para preencher a sua vida, uma vida débil, morosa e lastimável; depois, cansou-se dela, passou a odiá-la, mas não teve coragem de deixá-la e tentou enredá-la cada vez mais em mentiras, como numa teia de aranha... Os outros homens só terminaram o serviço.

Laiévski ora sentava-se perto da mesa, ora voltava para a janela; ora apagava a vela, ora acendia-a novamente. Amaldiçoava-se em voz alta, chorava, lamentava-se, pedia perdão; mais de uma vez correu em desespero para a mesa e escreveu: "Mamãe!".

Além da mãe, não tinha nenhum parente ou pessoa querida; mas como a mãe poderia ajudá-lo? E onde estaria? Queria correr até Nadiéjda Fiódorovna e cair a seus pés, beijar-lhe as mãos e os pés, implorar perdão, mas ela era a sua vítima, e ele a temia como se ela já tivesse morrido.

— A vida acabou! — murmurava, esfregando as mãos. — Por que ainda estou vivo, meu Deus?!...

Laiévski fez cair do céu a sua estrela opaca, ela despencou, e o seu rastro misturou-se à escuridão da noite; já não voltará para o céu, porque a vida é dada apenas uma vez e não se repete. Se pudesse trazer de volta os dias e os anos passados, teria substituído neles a mentira pela verdade, o ócio pelo trabalho, o tédio pela alegria, teria devolvido a pureza àqueles de quem a tirou, encontraria Deus e a justiça, mas isso era tão impossível quanto levar de volta ao céu uma estrela que já caiu. E, por ser impossível, ele entrava em desespero.

Quando a tempestade passou, Laiévski estava sentado perto da janela aberta e pensava com toda a calma sobre o que estava para acontecer. Von Koren provavelmente vai matá-lo. A visão de mundo clara e fria daquele homem permitia o extermínio dos débeis e dos inúteis; e se no instante decisivo essa visão de mundo falhar, será por causa do ódio e do asco que Laiévski provoca nele. E se Von Koren errar a pontaria ou, para zombar do inimigo odiado, apenas feri-lo ou atirar para o alto, o que fazer então? Para onde ir?

"Ir para Petersburgo?", perguntava-se Laiévski. "Mas

isso significaria recomeçar a vida antiga, essa mesma que estou amaldiçoando. E quem busca a salvação mudando de lugar, feito um pássaro migratório, não encontra nada, pois para ele a terra é igual em toda parte. Buscar a salvação nos homens? Mas buscar em quem? E como? A bondade e a generosidade de Samóilenko salvam tanto quanto a risada do diácono ou o ódio de Von Koren. Só se pode buscar a salvação em si mesmo, e quem não encontrar, para que perder tempo? Que se mate logo e basta..."

Ouviu-se um barulho. O dia já clareava. A carruagem passou, fez a volta e, com as rodas rangendo na areia molhada, parou junto à casa. Na carruagem havia duas pessoas.

— Esperem, já vou! — disse Laiévski pela janela. — Não estou dormindo. Já está na hora?

— Sim. São quatro da manhã. Até chegar lá...

Laiévski vestiu o capote e o quepe, pôs os cigarros no bolso e parou, pensativo; tinha a sensação de que faltava fazer alguma coisa. Na rua, os padrinhos conversavam baixo, os cavalos bufavam, e esses sons, bem cedo na manhã úmida, quando todos dormiam e a luz apenas despontava no céu, encheram a alma de Laiévski de uma melancolia que parecia um mau presságio. Ficou parado mais um instante, pensando, e foi ao quarto.

Nadiéjda Fiódorovna estava estirada na cama, com a manta enrolada até a cabeça; não se mexia e, sobretudo por causa da cabeça, lembrava uma múmia egípcia. Olhando para ela em silêncio, Laiévski pediu-lhe perdão em pensamento e disse consigo que se o céu não fosse vazio e lá realmente existisse um Deus, Ele haveria de preservá-la; agora, se Deus não existe, que ela morra, já que não tem mais nenhuma razão para viver.

De repente, ela teve um sobressalto e sentou-se na cama. Levantando o rosto pálido e olhando com horror para Laiévski, perguntou:

— É você? A tempestade passou?

— Passou.

Nadiéjda Fiódorovna lembrou-se de tudo, pôs as duas mãos na cabeça e estremeceu com o corpo inteiro.

— Como é difícil! — disse. — Se você soubesse como é difícil! Eu esperava — continuou ela, apertando os olhos — que você fosse me matar ou expulsar de casa debaixo da chuva e da tempestade, mas você adia... adia...

Num ímpeto, Laiévski abraçou-a com força, cobriu de beijos seus joelhos e suas mãos; e então, enquanto ela balbuciava alguma coisa e estremecia por causa das lembranças, ele passou a mão em seus cabelos e, olhando para seu rosto, entendeu que aquela mulher infeliz e corrompida era a única pessoa próxima, cara e insubstituível para ele.

Saiu de casa e, entrando na carruagem, sentiu que queria voltar vivo.

XVIII

O diácono levantou-se, pegou o cajado grosso e cheio de nós e saiu de casa sem fazer barulho. Estava escuro e nos primeiros minutos, descendo a rua, ele não enxergava nem o cajado branco; não havia nenhuma estrela no céu, e parecia que ia chover de novo. Pairava um cheiro de mar e de areia molhada.

"Só falta os tchetchenos me atacarem", pensava o diácono, ouvindo o cajado bater na calçada e o ressoar solitário das batidas no silêncio da noite.

Ao sair da cidade, começou a enxergar o caminho e o cajado; aqui e ali, apareceram manchas turvas no céu escuro, logo uma estrela surgiu e começou a piscar timidamente com seu único olho. O diácono ia pela margem alta e pedregosa e não via o mar, que, lá embaixo, caía no sono, suas ondas invisíveis batendo com abandono e preguiça contra a margem, como suspirando: "uf!". E com que vagar! Uma onda bateu, o diácono teve tempo de contar oito passos, então bateu a segunda e, depois de seis passos, a terceira. Ainda não se via nada, e na escuridão ouvia-se o barulho preguiçoso e sonolento do mar, ouvia-se um tempo infinitamente distante e inimaginável, quando Deus pairava sobre o caos.

O diácono sentiu medo. Pensou que só faltava Deus castigá-lo por ele andar com ímpios e até ir assistir a um duelo. O duelo seria uma bobagem, sem sangue nenhum, risível, mas, de qualquer modo, é sempre um espetáculo pagão, e não cai nada bem para um clérigo estar presente. Parou e pensou: "Volto para casa?". Mas a curiosidade, intensa e inquieta, foi mais forte que as dúvidas, e ele seguiu adiante.

"Mesmo sendo ímpios, são pessoas boas e vão se salvar", acalmava a si mesmo. — Vão se salvar com certeza! — disse em voz alta, acendendo um cigarro.

Como é que se medem as virtudes dos homens para julgá-los de forma justa? O diácono lembrou-se de seu inimigo, o inspetor do seminário, que acreditava em Deus, não participava de duelos e vivia em castidade, mas que, em certa época, dava pão com areia ao diácono e uma vez quase lhe arrancou uma orelha. Se a vida humana está organizada de forma tão insensata que esse inspetor cruel e desonesto, que roubava a farinha da dispensa, era respeitado no seminário, onde todos rezavam pela sua salvação, seria justo evitar pessoas como Von Koren e Laiévski apenas porque eram ímpios? O diácono começou a buscar uma resposta, mas lembrou-se de como hoje a figura de Samóilenko estava engraçada e isso interrompeu o fluxo de seus pensamentos. Como a gente vai rir amanhã! O diácono ficou imaginando como iria se esconder entre arbustos para espiar e quando amanhã, durante o almoço, Von Koren começasse a se gabar, o diácono contaria, às gargalhadas, todos os detalhes do duelo. "Mas como o senhor sabe de tudo?", perguntaria o zoólogo. "Aí é que está. Fiquei em casa, mas sei."

Seria bom descrever o duelo de um jeito ridículo. O sogro ia ler e dar risada — você pode deixar o sogro a pão e água, mas não deixe de contar ou escrever algo engraçado.

Diante dele abriu-se o vale do rio Amarelo. Por causa da chuva, o rio corria mais largo e bravo, já não resmungava como antes, mas urrava. Começava a raiar o dia. A manhã cinzenta, as nuvens brancas, que corriam para o oeste atrás de uma nuvem escura, as montanhas cingidas pela neblina e as árvores encharcadas: tudo pareceu ao diácono feio e ranzinza. Lavou o rosto com a água do riacho, leu as rezas matutinas e teve vontade de tomar chá e comer as roscas quentes com creme de leite azedo que se servem toda manhã na casa do sogro. Lembrou-se da diaconisa e de "O tempo que não volta",[41] que ela tocava no piano. Quem era essa mulher? Em uma semana o diácono foi apresentado, prometido e casado; viveu menos de um mês com ela e foi enviado para cá, portanto ainda nem sabe que pessoa é essa. Mesmo assim, ficar sem ela é um tanto maçante.

"Preciso escrever uma cartinha...", pensava.

A bandeira sobre o *dukhan* encharcara-se com a chuva e pendia rente ao mastro, o próprio *dukhan* parecia mais escuro e baixo que antes. Perto da porta havia um carro de boi; Kerbalai, dois abecásios e uma jovem tártara de calças largas, provavelmente mulher ou filha de Kerbalai, retiravam do *dukhan* sacos com alguma coisa e os empilhavam no carro sobre palha de milho. Ao lado do carro, de cabeça baixa, estava um par de burros. Depois de empilhar os sacos, os abecásios e a tártara começaram a cobri-los com palha, enquanto Kerbalai, apressado, atrelava os burros ao carro. "Vai ver que é contrabando", pensou o diácono.

Ali está a árvore derrubada com espinhos secos, ali está a mancha preta da fogueira. Veio à memória do diácono o piquenique, com todos os detalhes: o fogo, o canto dos abecásios, os doces sonhos sobre o bispado e a procissão... Por causa da chuva, o rio Negro ficara mais escuro e largo. O diácono atravessou com cuidado a ponte vacilante, que a crista das ondas sujas já alcançava, e subiu para o secadouro pela escadinha.

[41] Valsa armênia muito popular na Rússia na virada do século XIX para o XX. (N. da T.)

"Uma cabeça excelente!", pensava, estirando-se na palha e lembrando-se de Von Koren. "Uma cabeça boa, que Deus o guarde. Mas essa crueldade toda nele..."

Por que ele odeia Laiévski e vice-versa? Por que vão se bater em duelo? Se desde a infância os dois tivessem conhecido a pobreza que ele, diácono, conheceu, se tivessem crescido em meio a gente ignorante, dura de coração, ávida por lucro, grosseira e rude no trato, gente que ralha por cada pedaço de pão, que cospe no chão, arrota durante o almoço e a reza, se desde a infância os dois não tivessem sido mimados pela vida boa e por um círculo seleto de pessoas, com que força teriam se unido um ao outro, com que prazer perdoariam os defeitos e apreciariam o que há de bom em cada um. Pois no mundo há tão pouca gente decente, nem que seja decente só por fora! É bem verdade que Laiévski é desmiolado, é desregrado, é esquisito, mas ele não vai roubar, não vai cuspir ruidosamente no chão, não vai repreender a mulher, dizendo: "você enche a pança, mas não quer trabalhar", não vai bater com as rédeas numa criança ou dar de comer aos criados uma carne salgada e fedida — isso não basta para tratá-lo com indulgência? Além do mais, ele é o primeiro a sofrer com os próprios defeitos, como um doente com as próprias feridas. Em vez de ficarem procurando um no outro a degeneração, a extinção, a hereditariedade e tanta coisa que não se entende, só por causa do tédio ou de um mal-entendido qualquer, não seria melhor se os dois descessem alguns degraus e dirigissem o ódio e a ira para lá onde ruas inteiras rugem e gemem de ignorância, grosseria, avareza, impropério, sujeira, insulto, gritos agudos de mulher...

Um barulho de carruagem interrompeu seus pensamentos. O diácono olhou pela porta e viu uma carruagem com três pessoas: Laiévski, Chechkóvski e o chefe dos correios e telégrafos.

— Pare! — disse Chechkóvski ao cocheiro.

Os três desceram da carruagem e se entreolharam.

— Ainda não chegaram — disse Chechkóvski, batendo a sujeira da roupa. — Bem, enquanto isso, vamos procurar um lugar que sirva. Aqui não dá nem para se virar.

Foram adiante, subindo o rio, e logo sumiram de vista. O cocheiro tártaro passou para o banco da carruagem, inclinou a cabeça sobre o ombro e adormeceu. Uns dez minutos depois, o diácono desceu do secadouro e, tirando o chapéu preto para não ser notado, agachando-se e olhando para os lados, foi se esgueirando pela margem entre arbustos e fileiras de milho; gotas grossas caíam sobre ele das árvores e dos arbustos, a relva e o milho estavam molhados.

— Ai, que vergonha! — murmurou, puxando as abas molhadas e sujas do hábito. — Se eu soubesse, não teria vindo.

Logo ouviu vozes e viu gente. Cabisbaixo, as mãos metidas nas mangas do capote, Laiévski andava rápido de lá para cá numa pequena clareira; os padrinhos estavam parados bem à margem do rio e enrolavam cigarros.

"Que estranho...", pensou o diácono, não reconhecendo o andar de Laiévski. "Parece um velho."

— Que falta de respeito da parte deles! — disse o funcionário dos correios, olhando para o relógio.

— Pode até ser de bom-tom chegar atrasado, mas na minha opinião isso é uma canalhice.

Chechkóvski, um sujeito gordo de barba preta, aguçou o ouvido e disse:

— Estão chegando!

XIX

— É a primeira vez que vejo isso! Que maravilha! — disse Von Koren, aparecendo na clareira e apontando com os dois braços para leste. — Vejam só: raios verdes!

A leste, por trás das montanhas, estendiam-se dois raios verdes; era realmente uma beleza. O sol nascia.

— Bom dia! — continuou o zoólogo, acenando com a cabeça para os padrinhos de Laiévski. — Não estou atrasado, estou?

Atrás dele vinham os padrinhos, Boiko e Govoróvski — dois oficiais muito jovens, da mesma altura —, trajando fardas brancas, além do médico Ustimóvitch, magro e arredio, que trazia uma trouxa numa das mãos, mantendo a outra atrás; como de costume, levava a bengala rente às costas. Pôs a trouxa no chão, juntou as mãos atrás do corpo e, sem cumprimentar ninguém, começou a andar pela clareira.

Laiévski sentia o cansaço e o constrangimento de um homem que talvez vá morrer e por isso chama a atenção de todo mundo. Queria que o matassem logo ou então que o levassem para casa. Via o sol nascer pela primeira vez na vida; a alvorada, os raios verdes, a umidade e os homens de botas molhadas pareciam-lhe supérfluos, inúteis para a sua vida, incômodos; tudo aquilo não tinha nenhuma ligação com a noite que acabara de viver, com seus pensamentos, com seu sentimento de culpa, e ele poderia ir embora com prazer, sem esperar pelo duelo.

Von Koren estava visivelmente agitado e tentava dissimular, fingindo que os raios verdes eram a coisa mais interessante ali. Os padrinhos estavam encabulados e se entreolhavam, como indagando por que estavam ali e o que deveriam fazer.

— Senhores, acho que não precisamos andar mais — disse Chechkóvski. — Aqui já está bom.

— Sim, claro — concordou Von Koren.

Fez-se um silêncio. Ustimóvitch, que continuava andando, virou-se bruscamente para Laiévski e disse a meia-voz, respirando bem no seu rosto:

— O senhor provavelmente ainda não foi informado das minhas condições. Cada lado me paga quinze rublos e, no caso de morte de um dos adversários, o sobrevivente paga os trinta.

Laiévski já conhecia o homem de antes, mas só agora, pela primeira vez, viu com clareza os olhos opacos, o bigode áspero e o pescoço magro e tísico: que médico, que nada, é um agiota! O bafo tinha um odor desagradável de carne bovina.

“Existe todo tipo de gente no mundo”, pensou Laiévski e respondeu:

— Está bem.

O médico acenou com a cabeça e continuou andando; dava para ver que nem precisava do dinheiro, que só cobrava por ódio. Todos sentiam que já era hora de começar ou terminar o que tinha sido começado, porém nem começavam, nem terminavam, mas andavam, paravam, fumavam. Os jovens oficiais, que presenciavam um duelo pela primeira vez na vida, agora não punham muita fé naquele duelo civil, inútil em sua opinião; examinavam com atenção a farda e alisavam as mangas. Chechkóvski aproximou-se deles e disse baixinho:

— Senhores, precisamos fazer todo o esforço possível para que este duelo não aconteça. É preciso que eles façam as pazes.

Corou e continuou:

— Kirílin veio me ver ontem e se queixou que Laiévski o tinha apanhado com Nadiéjda Fiódorovna e tudo o mais.

— Sim, também estamos sabendo — respondeu Boiko.

— Pois vejam... Laiévski está com as mãos trêmulas e tudo o mais... Não vai conseguir nem levantar uma pistola agora. Bater-se com ele é tão desumano quanto brigar com um bêbado ou um tifoso. Se eles não fizerem as pazes, senhores, é preciso pelo menos adiar o duelo, não sei... É tamanha covardia que eu preferiria nem ver.

— Fale com Von Koren.

— Não conheço as regras do duelo, nem quero conhecer, que vão para o diabo; Von Koren pode pensar que Laiévski ficou com medo e me mandou pedir isso. Mas, querem saber? Que pense o que quiser, eu vou falar.

Chechkóvski foi ter com Von Koren, hesitante, coxeando de leve, como se estivesse com a perna dormente; andando e resmungando, sua figura respirava pura preguiça.

— Tenho que lhe dizer o seguinte, meu caro — começou, olhando com atenção para as flores na camisa do zoólogo. — É confidencial... Não conheço as regras do duelo, que vão para o diabo, nem quero conhecer, e estou raciocinando não como um padrinho e tudo o mais, e sim como um ser humano, e ponto.

— Sim. Então?

— Via de regra, quando propõem que se façam as pazes, os padrinhos não são ouvidos, isso é visto como mera formalidade. Vaidade e ponto. Mas eu peço humildemente que repare em Ivan Andréitch. Hoje ele não está bem; por assim dizer, não está em seu juízo, é de dar pena. Aconteceu uma desgraça com ele. Não suporto fofocas — Chechkóvski corou e olhou para os lados —, mas, tendo em vista o duelo, acho necessário comunicar uma coisa ao senhor. Ontem à noite, na casa de Miurídov, ele encontrou a senhora dele com um... um homem.

— Que nojo! — murmurou o zoólogo; ficou pálido, fez uma careta e cuspiu ruidosamente: — Pfft!

Seu lábio inferior começou a tremer; não querendo ouvir mais, afastou-se de Chechkóvski; como se tivesse provado sem querer alguma coisa amarga, voltou a cuspir ruidosamente e, cheio de ódio, olhou para Laiévski pela primeira vez naquela manhã. A agitação e o constrangimento passaram, Von Koren sacudiu a cabeça e disse alto:

— Senhores, eu pergunto: o que estamos esperando? Por que não começamos?

Chechkóvski trocou olhares com os oficiais e deu de ombros.

— Senhores! — disse alto, sem se dirigir a ninguém. — Senhores! Propomos fazer as pazes!

— Acabemos logo com as formalidades — disse Von Koren. — Já falamos sobre as pazes. Qual é a próxima formalidade? Vamos logo, senhores, o tempo não espera.

— Ainda assim, insistimos nas pazes — disse Chechkóvski com voz de culpa, como uma pessoa que se vê obrigada a entrar em assunto alheio; corou, pôs uma das mãos no coração e continuou: — Senhores, não vemos uma ligação direta entre uma ofensa e um duelo. Um duelo não tem nada a ver com a ofensa que, por fraqueza humana, às vezes cometemos contra os outros. Os senhores são homens instruídos, passaram pela universidade, e com certeza também veem no duelo apenas uma formalidade caduca, vazia e tudo o mais. Nós o vemos assim, de outro modo não teríamos vindo, já que não podemos aceitar que um atire no outro em nossa presença, e ponto. — Chechkóvski enxugou o suor da testa e continuou: — Pois acabem logo com esse mal-entendido, senhores, deem-se as mãos e vamos para casa brindar às pazes. Sinceramente, senhores!

Von Koren calava. Ao notar que todos olhavam para ele, Laiévski disse:

— Não tenho nada contra Nikolai Vassílievitch. Se ele acha que cometi uma falta, estou disposto a me desculpar.

Von Koren zangou-se.

— Ao que parece — disse ele —, vocês querem que o senhor Laiévski volte para casa como alguém generoso, um cavalheiro, mas eu não tenho como proporcionar esse prazer a vocês e a ele. Não precisávamos levantar cedo e rodar dez verstas da cidade apenas para brindar às pazes, comer e vocês explicarem que o duelo é uma formalidade caduca. Um duelo é um duelo e não se deve torná-lo mais tolo ou mais fajuto do que ele de fato é. Eu quero me bater!

Fez-se um silêncio. O oficial Boiko tirou duas pistolas da caixa: entregou uma a Von Koren, a outra a Laiévski. Seguiu-se um desconcerto, que por um breve instante divertiu o zoólogo e os padrinhos. Ficou claro que nenhum dos presentes jamais estivera num duelo, que ninguém sabia exatamente como se toma posição e o que devem dizer e fazer os padrinhos. Mas então Boiko lembrou-se e, sorrindo, começou a explicar.

— Senhores, como era mesmo em Liérmontov, alguém lembra? — perguntou Von Koren, rindo.

— O Bazárov de Turguêniev também duelou com alguém...

— Lembrar para quê? — disse com impaciência Ustimóvitch, parando de andar. — É só medir a distância e pronto.

Deu três passos, mostrando como se deve medir. Boiko contou os passos, seu camarada puxou o sabre e fez dois riscos no chão.

Em meio ao silêncio geral, os adversários tomaram seus lugares.

"Toupeiras!", lembrou o diácono, sentado no meio dos arbustos.

Chechkóvski dizia alguma coisa, Boiko voltava a explicar, mas Laiévski não ouvia nada, ou melhor, ouvia, mas não entendia. Quando chegou a hora, engatilhou e ergueu a pistola pesada e fria, apontando o cano para cima. Esqueceu-se de desabotoar o casaco, que o apertava forte no ombro e na axila, e o braço subia todo sem jeito, como se a manga fosse de latão. Lembrou-se da véspera, do ódio que sentia da testa morena e dos cabelos crespos de Von Koren, e pensou que mesmo ontem, no auge do ódio e raiva, não teria conseguido atirar numa pessoa. Temendo que a bala atingisse por acidente Von Koren, levantava a pistola cada vez mais alto e sentia que essa generosidade ostensiva demais não era nem delicada nem generosa, mas não sabia nem conseguia fazer de outro modo. Olhando para o rosto pálido de Von Koren, que sorria irônico e que provavelmente sabia desde o início que seu adversário atiraria para o alto, Laiévski pensava que agora tudo iria acabar, graças a Deus, era só apertar o gatilho um pouco mais forte...

Sentiu um coice violento no ombro, ouviu-se um tiro e o eco respondeu nas montanhas: *pá-tá*!

Von Koren engatilhou a pistola e olhou para o lado de Ustimóvitch, que continuava a andar com as mãos às costas, sem prestar atenção em nada.

— Doutor — disse o zoólogo —, faça o favor, não ande feito um pêndulo. Me atrapalha a visão.

O médico parou. Von Koren começou a mirar em Laiévski.

"Acabou!", pensou Laiévski.

O cano da pistola apontado bem para seu rosto, a expressão de ódio e desdém na postura e em toda a figura de Von Koren, e este assassinato, cometido à luz do dia por um homem honrado na presença de outros homens honrados, e este silêncio, e esta força desconhecida, que o obrigava a permanecer parado em vez de correr — como tudo isso é misterioso, incompreensível e assustador! Von Koren mirava, e esse instante pareceu a Laiévski mais longo que a noite. Olhou suplicante para os padrinhos; eles não se mexiam e estavam pálidos.

"Atire logo!", pensava Laiévski e sentia que seu rosto pálido, trêmulo e lastimável devia despertar ainda mais ódio em Von Koren.

"Agora vou matá-lo", pensava Von Koren, mirando na testa e já sentindo o gatilho contra o dedo. "Sim, claro, vou matá-lo..."

— Ele vai matá-lo! — ouviu-se de repente um grito desesperado, vindo bem de perto.

Imediatamente ressoou um tiro. Ao ver que Laiévski continuava no lugar, que não tinha caído, todos olharam para o lado de onde viera o grito e viram o diácono. Lívido, o cabelo molhado e colado à testa e ao rosto, todo molhado e sujo, ele acenava com o chapéu encharcado da outra margem do rio, do meio do milharal, e sorria de um jeito estranho. Chechkóvski riu de alegria, começou a chorar e se afastou para o lado...

XX

Pouco depois, Von Koren e o diácono encontravam-se perto da pequena ponte. O diácono estava agitado, respirava pesado e evitava olhar o outro nos olhos. Estava com vergonha tanto do medo que sentira, como da roupa suja e molhada.

— Achei que o senhor queria matá-lo... — balbuciava ele. — Mas como isso é contrário à natureza humana! É tão antinatural!

— Mas como o senhor veio parar aqui? — perguntou o zoólogo.

— Nem me pergunte! — o diácono acenou com a mão. — Foi coisa do demo: "vá que vá...". Aí eu fui e quase morri de medo no meio do milharal. Mas agora, graças a Deus, graças a Deus... Estou bastante satisfeito com o senhor — balbuciava o diácono. — O nosso velhinho-tarântula também vai ficar satisfeito... É hilariante, hein, hilariante! Eu só peço encarecidamente que não conte para ninguém que eu estive aqui, senão é bem capaz que me passem um sabão lá de cima. E ainda vão dizer: "O diácono foi de padrinho".

— Senhores! — disse Von Koren. — O diácono pede que não digam a ninguém que o viram aqui. Ele pode ter problemas.

— Como isso é contrário à natureza humana! — suspirou o diácono. — Me perdoe de coração, mas o senhor estava com uma cara... eu pensei que fosse matá-lo na certa.

— Estava muito tentado a dar cabo daquele patife —

disse Von Koren —, mas na hora "h" o senhor gritou, e eu errei a pontaria. Dito isso, não tenho o costume, esse procedimento todo me causou repugnância e me deixou cansado. Estou exausto. Vamos embora...

— Não, deixe-me ir a pé. Preciso me secar, estou encharcado e com frio.

— Bem, como quiser — disse com voz lânguida o zoólogo exausto, subindo na carruagem e fechando os olhos. — Como quiser...

Enquanto andavam ao redor das carruagens e tomavam seus lugares, Kerbalai, postado perto da estrada e segurando a barriga com as duas mãos, inclinava-se e mostrava os dentes; pensara que os senhores tinham vindo apreciar a natureza e beber chá e não entendia por que raios estavam voltando às carruagens. O comboio partiu no silêncio geral, apenas o diácono parou perto do *dukhan*.

— Mim *dukhan* chegar chá beber — disse ele a Kerbalai. — Mim comer querer.

Kerbalai falava bem russo, mas o diácono pensou que o tártaro compreenderia melhor se ele falasse num russo estropiado.

— Mim querer ovo frito, querer queijo...

— Entre, entre, seu padre — disse Kerbalai, inclinando-se. — Dou tudo... Tem queijo, tem vinho... Coma o que quiser.

— Como é "Deus" em tártaro? — perguntou o diácono, entrando no *dukhan*.

— Seu Deus, meu Deus, é tudo igual — disse Kerbalai, sem compreender o diácono. — Deus é um só, as pessoas é que são diferentes. Tem os russos, tem os turcos, tem ainda os ingleses, tem muito tipo de gente, mas Deus é um só.

— Pois bem. Se todos os povos adoram um único Deus, então por que vocês, muçulmanos, olham para os cristãos como seus eternos inimigos?

— Por que você fica bravo? — disse Kerbalai, agarrando a barriga com as mãos. — Você é padre, eu sou muçulmano, você diz: "Quero comer" e eu dou... Só o rico quer saber qual é o seu Deus, qual é o meu, mas para o pobre é tudo igual. Coma, por favor.

Enquanto essa discussão teológica se dava no *dukhan*, Laiévski voltava para casa e recordava como, ao raiar do dia, a viagem de ida parecia sinistra, quando a estrada, as rochas e as montanhas estavam úmidas e escuras, e o futuro desconhecido parecia assustador, feito um abismo cujo fundo não se vê; mas agora, por causa do sol, as gotas de chuva pendentes na relva e nas pedras brilhavam como diamantes, a natureza sorria alegre e o futuro assustador tinha ficado para trás. Laiévski olhava de relance para o rosto sisudo de Chechkóvski, ainda com sinais de choro, e para as duas carruagens à frente, onde estavam Von Koren, seus padrinhos e o médico, e tinha a sensação que todos voltavam do cemitério depois de enterrar um homem difícil, insuportável, que não deixava ninguém viver.

"Está tudo acabado", pensava sobre o seu passado, alisando cuidadosamente o pescoço.

Do lado direito, perto do colarinho, havia um pequeno inchaço, do tamanho e largura de um dedo mínimo, e que doía como se alguém tivesse passado um ferro quente no pescoço. Era o arranhão da bala.

Depois, quando Laiévski chegou em casa, o dia foi se arrastando, longo, estranho, doce e nebuloso, numa espécie de torpor. Como se o tivessem deixado sair da prisão ou do hospital, ele olhava fixamente para objetos há muito conhecidos e se surpreendia que as mesas, as janelas, as cadeiras, a luz e o mar provocassem nele uma alegria vívida e infantil, que há muito, muito tempo não sentia. Nadiéjda Fiódorovna, pálida e visivelmente mais magra, não compreendia aquela voz terna, aquele jeito estranho de andar; ela se apressou a contar tudo o que lhe acontecera... Ele devia estar ouvindo mal, ou não estava entendendo, pois, ao saber de tudo, deveria amaldiçoá-la e matá-la, mas ele a escutava, passava a mão no rosto e no cabelo dela, olhava-a nos olhos e dizia:

— Eu não tenho ninguém além de você...

Depois ficaram muito tempo sentados no jardim, um encostado no outro, em silêncio, ou então sonhando alto com a vida feliz que teriam no futuro, diziam frases curtas e soltas, e Laiévski tinha a impressão de que nunca falara tanto e tão bem.

XXI

Passaram-se três meses e pouco.

Chegou o dia marcado por Von Koren para partir. Uma chuva fria e grossa caía desde a aurora, soprava o vento nordeste, e uma forte ressaca tomou conta do mar. Diziam que, com um tempo assim, era pouco provável que o navio atracasse. Pela tabela de horários ele devia ter chegado pouco depois das nove, mas Von Koren, que tinha ido até o cais ao meio-dia e depois do almoço, não viu nada pelo binóculo além das ondas cinzentas e da chuva que cobria o horizonte.

Ao final do dia, a chuva parou e o vento começou a diminuir sensivelmente. Von Koren já tinha se conformado com a ideia de que não partiria naquele dia e sentou-se para jogar xadrez com Samóilenko; mas, quando escureceu, o ordenança veio informar que tinham aparecido luzes no mar, que tinham visto um foguete de sinalização.

Von Koren começou a se apressar. Pôs a bolsa a tiracolo, beijou Samóilenko e o diácono, deu uma volta nos cômodos sem qualquer necessidade, despediu-se da cozinheira e do ordenança e saiu com a sensação de que tinha esquecido alguma coisa na própria casa ou na do médico. Andava pela rua ao lado de Samóilenko, atrás vinham o diácono com um caixote e, atrás de todos, o ordenança com duas malas. Apenas Samóilenko e o ordenança conseguiam distinguir no mar umas luzinhas opacas; já os outros olhavam para a escuridão sem enxergar nada. O navio estava parado longe da costa.

— Rápido, rápido — apressava Von Koren. — Tenho medo que ele vá embora!

Ao passar ao lado da casinha de três janelas para onde Laiévski havia se mudado pouco depois do duelo, Von Koren não se conteve e olhou para dentro. Laiévski estava sentado à mesa, curvado, de costas para a janela, e escrevia alguma coisa.

— Eu me admiro — disse baixo o zoólogo. — Como ele puxou as rédeas!

— Sim, é digno de admiração — suspirou Samóilenko. — É assim da manhã até a noite, o tempo todo sentado, trabalhando. Quer pagar as dívidas. Vivendo pior que um mendigo, meu irmão!

Passou-se meio minuto em silêncio. O zoólogo, o médico e o diácono continuavam parados diante da janela, olhando Laiévski.

— Acabou nem indo embora daqui, coitado — disse Samóilenko. — Você lembra o tanto que ele se esforçou?

— Sim, ele puxou as rédeas para valer — repetiu Von Koren. — O casamento, o dia inteiro trabalhando por um pedaço de pão, uma expressão nova no rosto e até o jeito de andar: tudo é tão extraordinário que nem sei como definir — o zoólogo segurou Samóilenko pela manga e continuou com voz comovida: — Diga a ele e à mulher que, quando eu estava de partida, fiquei admirado e lhes desejei tudo de bom... e peça a Laiévski que, se possível, não guarde rancor de mim. Ele me conhece. Ele sabe que, se naquela época eu pudesse prever essa mudança, talvez tivesse me tornado seu melhor amigo.

— Entre lá e se despeça.

— Não. Não cai bem.

— Por que não? Sabe Deus se você vai encontrá-lo de novo.

O zoólogo pensou e disse:

— É verdade.

Samóilenko bateu baixinho com o dedo na janela. Laiévski estremeceu e se virou.

— Vânia, Nikolai Vassílievitch quer se despedir de você — disse Samóilenko. — Ele está de partida.

Laiévski levantou-se da mesa e foi abrir a porta. Samóilenko, Von Koren e o diácono entraram na casa.

— É só um minutinho — começou o zoólogo, tirando as galochas na entrada e já arrependido por haver cedido aos sentimentos e ter entrado sem ser chamado. "Parece que estou me convidando — pensou —, que tolice." — Perdoe-me por incomodá-lo — disse, indo atrás de Laiévski —, mas estou de partida e tive vontade de me encontrar com o senhor... Sabe Deus se ainda nos veremos um dia.

— Fico feliz... Faça o favor — disse Laiévski e, desajeitado, empurrou as cadeiras para as visitas, como se quisesse barrar o caminho, depois parou no meio do cômodo, esfregando as mãos.

"Fiz mal em não deixar as testemunhas na rua", pensou Von Koren e disse firme:

— Não guarde rancor de mim, Ivan Andréitch. É claro que é impossível esquecer o que aconteceu, foi triste demais, mas não vim aqui para me desculpar ou afirmar que não tenho culpa. Fui sincero nos meus atos e desde então não mudei as minhas convicções... Para a minha grande alegria, vejo agora, é verdade, que tinha me enganado em relação ao senhor, mas o homem tropeça até quando anda no plano, e o destino humano é assim: quando não se erra no principal, se erra nos detalhes. Ninguém conhece a verdade última.

— Sim, ninguém conhece a verdade... — disse Laiévski.

— Então, adeus... Que Deus o guarde.

Von Koren estendeu a mão para Laiévski, que a apertou e se inclinou.

— Não guarde rancor, então — disse Von Koren. —

Cumprimente a sua mulher e lhe diga que senti muito não poder me despedir dela.

— Ela está em casa.

Laiévski foi até a porta e chamou no outro cômodo:

— Nádia,[42] Nikolai Vassílievitch quer se despedir de você.

Nadiéjda Fiódorovna entrou, parou perto da porta e olhou tímida para as visitas. Seu rosto expressava culpa e susto, e ela mantinha os braços como uma ginasiana que está levando uma bronca.

— Estou de partida, Nadiéjda Fiódorovna — disse Von Koren —, e vim me despedir.

Ela estendeu a mão, indecisa, enquanto Laiévski se inclinava.

"Mas como os dois estão lastimáveis!", pensou Von Koren. "Estão pagando caro por essa vida."

— Estarei em Moscou e em Petersburgo — disse —, não querem que mande alguma coisa de lá?

— O que poderia ser? — disse Nadiéjda Fiódorovna e olhou inquieta para o marido. — Acho que nada...

— Sim, nada... — disse Laiévski, esfregando as mãos. — Mande lembranças da nossa parte.

Von Koren não sabia o que mais podia e devia ser dito, ao passo que antes, ao entrar, pensava que diria muitas coisas boas, ternas e importantes. Em silêncio, apertou as mãos de Laiévski e da mulher e saiu dali com um sentimento pesado.

— Que homens! — dizia o diácono a meia-voz, caminhando atrás. — Meu Deus, que homens! Verdadeiramente foi a mão de Deus que plantou esta videira! Senhor, Senhor! Um venceu milhares, e outro, milhares de milhares. Nikolai Vassílitch — disse exaltado —, saiba que hoje o senhor venceu o maior dos inimigos da humanidade: o orgulho!

[42] Diminutivo de Nadiéjda. (N. da T.)

— Basta, diácono! Que vencedores somos nós? Os vencedores olham feito águias, e ele está deplorável, intimidado, acuado, se inclina feito um bonequinho chinês, e eu... eu estou triste.

Ouviram-se passos atrás. Era Laiévski que os alcançava para seguir com eles. No cais, o ordenança esperava com as duas malas, e, um pouco mais adiante, estavam quatro remadores.

— Mas que ventania... brr! — disse Samóilenko. — Em alto-mar deve estar caindo um toró daqueles, ai, ai! Não é boa hora para viajar, Kólia.

— Não tenho medo de enjoo.

— Não é isso... Tomara que esses tontos não deixem o bote virar. O certo seria ir no bote do agente. Onde está o bote do agente? — gritou para os remadores.

— Foi embora, Vossa Excelência.

— E o da alfândega?

— Também.

— E por que não avisaram? — irritou-se Samóilenko. — Imbecis!

— Tudo bem, não se preocupe... — disse Von Koren. — Então, adeus. Que Deus os guarde.

Samóilenko abraçou Von Koren e o abençoou três vezes com o sinal da cruz.

— Não esqueça de nós, hein, Kólia... Escreva... Estamos esperando você na primavera que vem.

— Adeus, diácono — disse Von Koren, apertando-lhe a mão. — Obrigado pela companhia e pelas boas conversas. Pense a respeito da expedição.

— Mas claro, meu Deus, até o fim do mundo! — riu o diácono. — Desde quando sou contra?

Von Koren reconheceu Laiévski no escuro e estendeu-lhe a mão em silêncio. Os remadores já haviam descido e seguravam o barco que batia nas estacas, apesar do dique que o protegia das grandes ondas. Von Koren desceu pela escadinha, saltou para o barco e sentou-se ao leme.

— Escreva! — gritou Samóilenko. — Cuidado com a saúde!

"Ninguém conhece a verdade última", pensava Laiévski, subindo a gola do casaco e metendo as mãos nas mangas do capote.

O barco contornou ligeiro o cais e saiu para o mar aberto. Desapareceu nas ondas, mas imediatamente subiu para a crista, de forma que era possível distinguir as pessoas e até os remos. O barco avançou umas três braças e foi jogado outras duas para trás.

— Escreva! — gritou Samóilenko. — Mas que tempinho para viajar!

"Sim, ninguém conhece a verdade última...", pensava Laiévski, olhando com angústia para o mar escuro e agitado.

"O barco é jogado para trás — pensava —, avança dois passos para a frente e volta um para trás, mas os remadores são teimosos, remam sem cansar e não têm medo de ondas altas. O barco vai sempre em frente, sempre em frente, já não dá para vê-lo, daqui a meia hora os remadores vão ver claramente as luzes do navio e daqui a uma hora já estarão junto à escada. Na vida também é assim... Em busca da verdade, os homens dão dois passos para a frente e um para trás. O sofrimento, os erros e o tédio da vida jogam para trás, mas a obstinação e o anseio pela verdade empurram sempre para a frente, sempre para a frente. E quem sabe? Talvez eles cheguem à verdade última..."

— Ade-e-eus! — gritou Samóilenko.

— Não dá para ver nem para ouvir nada — disse o diácono. — Boa viagem!

Começou a garoar.

POSFÁCIO

Marina Tenório

O semioticista e historiador cultural Iuri Lotman dá a seguinte definição do duelo e de seu lugar na sociedade russa:

> "O duelo representa um certo procedimento de restauração da honra e não pode ser entendido fora da especificidade do conceito de 'honra' no sistema ético geral da sociedade nobre russa europeizada do período pós-Pedro I. É claro que do ponto de vista que nega, em princípio, esse conceito, o duelo perde todo o sentido, transformando-se num assassinato ritualizado. O aristocrata russo do século XVIII e início do XIX vivia e agia sob a influência de dois reguladores de comportamento social que se opunham. Enquanto servo fiel do Estado, se submetia à lei deste. [...] Mas, ao mesmo tempo, enquanto nobre, enquanto homem de um estamento que era, simultaneamente, o estamento superior da sociedade e a elite cultural, se submetia às leis da honra."[1]

No mesmo livro, Lotman lembra que havia três tipos de duelo, e o grau da ofensa determinava a escolha de um deles: se a ofensa fosse irrisória, o duelo poderia restringir-se a uma

[1] Iuri Lotman, *Bessiédi o rússkoi kultúrie* [Conversas sobre a cultura russa], São Petersburgo, Editora Iskússtvo, 2008.

troca simbólica de tiros ou de golpes de espada. Nesse caso, a demonstração de coragem e a prontidão para o confronto eram suficientes para reparar o dano. Ademais, o próprio fato de aceitar o desafio já demonstrava que o ofensor considerava seu adversário um igual, o que reabilitava a honra deste. Uma afronta mais grave exigia que o duelo terminasse no mínimo com o ferimento de um dos participantes — a anulação da ofensa só poderia acontecer com derramamento de sangue. Finalmente, se a ofensa fosse qualificada como mortal, o duelo deveria terminar com a morte de um dos adversários.

O fenômeno representava uma restauração dos valores cavalheirescos medievais, pois, assim como o comportamento do cavaleiro não se media pela derrota ou pela vitória, mas pela audácia, também num duelo, independentemente do resultado, o próprio perigo a que se submetiam os duelantes tornava-se por si só um meio de purificação e anulava a ofensa. O curioso, no entanto, é que a Rússia não teve nada parecido com a tradição cavalheiresca da Europa Ocidental; o duelo começou, portanto, como um fenômeno totalmente importado, mas acabou sendo assimilado de tal forma, que adquiriu feições próprias.

Tendo chegado ao país no início do século XVIII, a prática foi ganhando importância até atingir o ápice na primeira metade do século XIX. Enquanto na Europa Ocidental o duelo já tinha entrado em franca decadência, na Rússia ele ficava cada vez mais formal, ritualizado e cruel, com frequentes desfechos mortais. Surgiam regras cada vez mais precisas quanto aos procedimentos de escolha de padrinhos, de chamada para o desafio e comportamento durante o embate. Apareceu a figura do *breteur* — o brigão, conhecedor das minúcias da prática.

Até a ascensão dos *raznotchíntsi*, de quem se falará mais adiante, essa prática ficou restrita à aristocracia, assim como o conceito de honra atrelado a ela. Enquanto instituição, era praticamente ignorada pelas classes inferiores. Um dos fundamentos do duelo era a luta entre iguais — alguém que estivesse abaixo na escala social não tinha o poder de ofender, tampouco, caso se sentisse ofendido, podia desafiar alguém que estivesse numa posição superior. Numa situação assim, o único meio que sobrava para restaurar a honra era o suicídio.

As duas características mencionadas acima — a prevalência do conceito de honra sobre o sistema legal e a restrição desse conceito a uma certa classe — determinaram o caráter ambivalente do duelo na Rússia. Assim, numa sociedade hierárquica e autoritária, o duelo realçava o valor do indivíduo, representava uma maneira de exercer a independência deste, um modo de definir e proteger um território de liberdade pessoal. Por outro lado, a restrição do duelo a uma determinada classe era motivo de duras críticas por parte das correntes democráticas, que viam nele apenas uma manifestação de um preconceito da aristocracia. Opunha-se à honra aristocrática a honra humana, fundada na razão e na natureza.

Contudo, isso não impediu o duelo de alcançar extrema importância enquanto fenômeno social. Tal fato pode ser facilmente percebido pela frequência com que o tema surge nas obras literárias da época — Púchkin, Liérmontov, Turguêniev, Tolstói, Kuprin, para citar apenas alguns, recorreram a ele em seus enredos. Mas na Rússia, a ligação entre o duelo e a literatura foi muito mais forte: além de ser um tema, o duelo foi amplamente praticado no meio literário. Basta lembrar que os dois maiores poetas russos da primeira metade do século XIX — Púchkin e Liérmontov — morreram em duelos, que estavam longe de ser os primeiros de suas vidas. Além dessas figuras emblemáticas, são conhecidas histórias, envolvendo escritores como Griboiédov e os dezembristas Bestújev e Ryleev, entre outros. Conta-se até que durante um tempo existiu a ameaça de um confronto entre Turguêniev e Tolstói. Felizmente, foi possível acalmar os ânimos. De todas as formas, a prática passou a figurar no imaginário quase como um atributo indispensável do escritor e poeta russo. Tanto que o início do século XX assistiu a uma onda de confrontos entre literatos. Duelos — alguns inventados, outros reais — como os que ocorreram entre Gumilióv e Volóchin, Biéli e Briússov, Pasternak e Aníssimov, muito mais que soluções para desavenças reais, tinham um valor simbólico, eram uma afirmação pelos jovens poetas do seu pertencimento à classe literária.

Voltemos, porém, ao século XIX. Nesse período, começa a ganhar força um novo grupo social, os *raznotchíntsi*. Saídos de vários estamentos (clero, camponeses, mercadores, soldados, funcionários públicos), e agora com formação superior, não voltavam à própria classe, mas passavam a exercer sobretudo profissões liberais. Essa camada foi o grande celeiro daquilo que depois veio a ser conhecido como a *intelligentsia* russa. Nos meados do século, é ela que começa a ganhar posições de destaque e a ditar tendências no pensamento social, filosófico e artístico, fazendo a aristocracia perder sua posição exclusiva de elite cultural.

Mesmo com a forte oposição ao pensamento aristocrático, a nova classe não conseguiu ignorar a instituição, tamanha era a sua força. Se, por um lado, os *raznotchíntsi* se opunham ao duelo e o negavam como um anacronismo e um mero preconceito de classe, por outro, não podiam deixar de usá-lo como uma maneira de defender os próprios direitos e de afirmar sua condição de igualdade com a nobreza.

A entrada em cena dos *raznotchíntsi* começa a mudar a cara do duelo. Primeiro, porque não era mais possível manter o rigor das regras, pois a nova classe, na maioria das vezes, não tinha o menor conhecimento delas. Segundo porque, mesmo quando as conhecia, estas não eram algo arraigado no comportamento e no estilo de vida como um todo. Assim, o duelo torna-se mais "democrático", menos formal e, com essa flexibilização das regras, acaba perdendo muito de sua aura. Um retrato dessa mudança é o episódio do duelo entre Bazárov e Kirsánov em *Pais e filhos* de Turguêniev.

Mudam igualmente os motivos dos duelos — disputas ideológicas passam a ser uma causa frequente. Irina Reifman no seu livro *Ritualizírovannaia agriéssia: duel v rússkoi kultúrie i literatúrie*,[2] relata que nos anos oitenta do século XIX tornam-se cada vez mais comuns duelos entre jornalistas. *Raznotchíntsi* em sua imensa maioria, eles usavam o duelo como um meio de resolver as polêmicas. No final dessa década, dois jornais foram particularmente ativos nesse ponto: o *Novosti* e o *Nóvoie Vrêmia* (o mesmo que publicou várias obras de Tchekhov, inclusive *O duelo*, em 1891). Esse fato levou Suvórin, o editor de *Nóvoie Vrêmia*, a afirmar que tais disputas representavam uma ameaça à liberdade de expressão e a advogar que as polêmicas fossem resolvidas nas páginas dos jornais e não fora delas.

Tchekhov tinha, assim, razões e elementos de sobra para usar o duelo como tema de uma obra, e boa parte dos argumentos contra e a favor dele, presentes na sociedade da época, aparecem nos diálogos de sua novela.

À época em que foi escrito *O duelo*, a sociedade russa vivia um período de intensas mudanças, dissolução de valores tradicionais, instauração de novas ideias e comportamentos. Todos esses elementos compõem o enredo da novela. Numa cidadezinha caucasiana aparecem Laiévski e Nadiéjda Fiódorovna. Ele, oriundo do meio aristocrático de Petersburgo, um homem com ideias de vanguarda, que pouco se importa

[2] Irina Reifman, *Ritualizírovannaia agriéssia: duel v rússkoi kultúrie i literatúrie* [Agressão ritualizada: o duelo na cultura e literatura russa], Moscou, Nóvoie Literaturnoie Obozrenie, 2002.

com sua nobreza, se junta a uma mulher casada, de classe social inferior, e torna-se um pequeno funcionário público no Cáucaso. Ela, uma mulher instruída, que desfaz um casamento que considera insatisfatório e, em busca de uma vida nova, segue o homem que ama e passa a viver abertamente com ele. Tudo isso já seria suficiente para uma colisão. Tchekhov, porém, escolhe caminhos mais complexos e sutis para a narrativa: não se limita a retratar o eterno embate entre o velho e o novo e as turbulências que acompanham qualquer mudança de época, mas, com uma atenção bem maior, examina as contradições que esse novo implica. Assim, o epicentro do conflito não está no choque entre as posições de Laiévski e a "velha ordem" da pacata cidadezinha provinciana. Apesar das claras tensões entre os dois mundos, um choque muito maior se origina na incompatibilidade de gênios de Laiévski e Von Koren, um jovem cientista, também vindo da Rússia, desejoso de revolucionar a ciência e transformar a sociedade. O mundo fantasioso de Laiévski, com seus devaneios, alimentados pelos mais diversos personagens literários, colide com a dura e áspera realidade de Von Koren, construída sobre a filosofia de Herbert Spencer. Mas isso não é tudo — um olhar mais atento revela que Von Koren é, na verdade, apenas o disparador do verdadeiro conflito da novela: a consciência que Laiévski e Nadiéjda Fiódorovna vão tomando do abismo que existe entre o que eles pensam que são, entre as ideias e o estilo de vida que propagam, e aquilo que são de fato.

Em comparação com o espaço dado a Laiévski, a trajetória de Nadiéjda Fiódorovna aparece muito menos no texto. Percebemos, no entanto, traços comuns ao casal: uma certa desenvoltura intelectual, a mesma inclinação para sonhar, a mesma indolência para agir, a mesma sensação de não pertencer ao lugar. Na verdade, a solidão dela é ainda maior, pois uma mulher dificilmente entraria no círculo masculino de uma cidadezinha provinciana do final do século XIX, ainda mais não sendo vista como esposa, e sim como amante. Entre mulheres, Nadiéjda Fiódorovna é aceita apenas por Mária Konstantínovna, sendo que as imensas diferenças entre as duas tornam quase impossível qualquer troca mais profunda. Tchekhov deixa na sombra o caminho interior percorrido por Nadiéjda Fiódorovna, mas podemos intuí-lo a partir das transformações sofridas por Laiévski.

A novela faz parte de uma nova etapa na obra de Tchekhov. Tendo ganhado notoriedade como autor de curtos contos humorísticos, com observações perspicazes de episódios aparentemente sem importância da vida cotidiana, no final dos anos oitenta Tchekhov começa a buscar novos caminhos. Suas obras tornam-se mais longas, adquirem um tom mais sério, passam a abordar temas polêmicos. É nessa fase que surgem a novela *A estepe* e os contos "Uma história enfadonha" e "Enfermaria nº 6".[3]

No início, Tchekhov pensava que *O duelo* seria uma novela relativamente curta, mas o trabalho levou muito mais tempo que o previsto. Contribuíram para isso a grande repercussão de sua recente viagem à ilha de Sacalina, que o tornou bastante requisitado, e também o fato de que ele reescreveu a novela inúmeras vezes, modificou o enredo, acrescentou novos personagens, nessa que acabou sendo uma das suas mais longas obras de ficção. Tudo indica que a escrita dessa novela foi para Tchekhov uma experimentação, uma busca por novas maneiras de construir a narrativa. Porém, talvez devido à morte prematura do autor, alguns traços nela presentes, que refletem essa busca, não chegaram a ser plenamente desenvolvidos na sua obra posterior.

[3] Estes dois contos estão reunidos no volume *O beijo e outras histórias*, com organização e tradução de Boris Schnaiderman (São Paulo, Editora 34, 2006).

Entre outras características, vários comentadores notaram em *O duelo* a presença particularmente forte da literatura e da filosofia. Talvez nenhuma outra obra de Tchekhov possa rivalizar com essa novela em abundância de referências aos mais diversos pensadores e autores. A literatura paira sobre os personagens, sobretudo Laiévski, e também em grande medida sobre Von Koren (embora este enxergue o mundo e a si mesmo mais pelo prisma filosófico). É ela que serve de escape nas fantasias que Laiévski tece sobre si próprio ou como tema de conversa num piquenique. Até no momento crucial da novela, no próprio duelo, quando fica evidente que ninguém na realidade sabe como proceder, os presentes começam a buscar avidamente na literatura e na vida de poetas exemplos adequados para a situação.

É verdade que, na Rússia do século XIX, a literatura tinha uma presença muito forte em círculos como o dos personagens descritos por Tchekhov. No texto, isso se reflete, por exemplo, nas referências às revistas que Nadiéjda Fiódorovna assina, ou no esforço do leigo Samóilenko em dar uma opinião sobre a escrita de Tolstói. Mas percebe-se que em *O duelo* Tchekhov vai além de um retrato exterior da relação dos personagens com a literatura. O personagem Laiévski, particularmente, não apenas fala dela, mas a usa ora como uma máscara, ora como um escudo. E uma das marcas mais fortes da mudança que ele atravessa é o total desaparecimento em sua retórica de quaisquer referências literárias: a partir do episódio da véspera do duelo, outros personagens ainda recorrem à literatura, Laiévski não mais.

Outro aspecto notável da novela é o seu viés dramatúrgico. Nesse texto, não é na voz do narrador, e sim na dos personagens que ocorrem os momentos nodais para a evolução da trama. Igualmente, é na fala de Von Koren que temos a visão mais acurada de Laiévski, e no discurso deste a de Von Koren. A própria posição do narrador é bastante ambígua: é muito comum sua voz se confundir com a voz dos personagens, virar um monólogo interior, aparecendo e desaparecendo de tal forma, que não sabemos quando termina um e começa o outro. Aliás, no que diz respeito à dramaturgia, logo que a novela foi publicada, o par antagonista Von Koren/Laiévski foi associado ao par Lvov/Ivánov da peça *Ivánov*, escrita e encenada em 1887, primeira obra de Tchekhov a chegar aos palcos. *O duelo*, porém, já representa claramente um passo adiante na trajetória do escritor.

É inegável, por exemplo, a maestria na composição dos personagens. O autor olha para eles com uma mistura única, bastante particular, de lucidez (muitas vezes amarga), ironia, delicadeza e compaixão. Aparece aqui claramente a habilidade de Tchekhov de reunir num único personagem traços muito díspares. Por exemplo, em Mária Konstantínovna vemos a combinação de uma alta carga de preconceito, rivalidade feminina e, ao mesmo tempo, um afeto muito genuíno pela pessoa de Nadiéjda Fiódorovna e o desejo sincero de ajudá-la.

Percebe-se também uma maior liberdade do autor em operar com as hierarquias de construção do texto, de subvertê-las. Exemplo disso é a virada radical que acontece com o deslocamento para o primeiro plano de uma figura até então coadjuvante e cômica — o diácono. É a ele que Tchekhov confia as reflexões mais importantes sobre a rivalidade entre Von Koren e Laiévski. E já no momento do duelo — que surgiu quase que por acaso, que ninguém levava a sério, de cujas regras ninguém tinha a menor ideia, mas que de repente engrena de tal forma, que ninguém mais é capaz de detê-lo — o diácono recebe a função de um *deus ex machina*. É claro que nessa solução inesperada se manifesta o humor extremamente refinado de Tchekhov. Mas além disso, aparece também a sua capacidade de criar situações que existem simultaneamente em diversos registros. Pois, para além da ironia no retrato da decadência do duelo enquanto instituição, o grito que salva Laiévski da morte tem uma pungência absolutamente real e é o argumento final do autor na discussão sobre a validade dessa prática.

De modo geral, na época de sua publicação, *O duelo* teve uma recepção muito boa. O que mais causou críticas foi o final da novela, que muitos consideravam inverossímil, pois não havia elementos no texto que justificassem uma mudança tão radical de Laiévski e Nadiéjda Fiódorovna. Cabe aqui lembrar que, embora aceitasse a ausência da divisão dos personagens em positivos e negativos nas obras de Tchekhov, boa parte da crítica o reprovava pela falta de um "posicionamento social". Isso fazia muitos duvidarem da sua capacidade de escrever obras mais sérias, como se lhe faltasse um fundamento. De fato, Tchekhov está à parte de uma forte tendência literária russa, facilmente observada em outros escritores emblemáticos e temporalmente próximos a ele, como Turguêniev, Tolstói, Dostoiévski, Leskov e Górki, por exemplo. Boa dose do encanto de seus personagens, sobretudo em *O duelo*, está no fato de que eles não cabem numa determinada ideia, mas a extrapolam. Não são deuses nem heróis, são seres humanos, às vezes ridiculamente humanos. Para além de paradigmas como certo/errado, novo/velho, Tchekhov realça a zona do indefinido, do instável, do fortuito, do contraditório em que o ser humano se movimenta.

Nesse contexto, deixa de ser inverossímil que, no final da novela, a descoberta da traição de Nadiéjda Fiódorovna sirva como último impulso para a transformação radical de Laiévski. De resto, tal desfecho é coerente com a posição do autor — Tchekhov não se atribui o papel daquele que explica o mistério dos caminhos da alma, mas daquele que o observa e constata.

O mundo de Tchekhov não é o de uma hierarquia rígida, de uma verdade definitiva, de uma moral certa. É difícil, por exemplo, comparar a mudança que acontece com Laiévski com as mudanças vividas por Lévin, em *Anna Kariênina*, ou Pierre Besukhov, em *Guerra e paz*. Tampouco ela se assemelha com a história de Raskólnikov, em *Crime e castigo*, ou Dmitri Karamázov, em *Os irmãos Karamázov*. Aqui, o personagem não declara no que passou a acreditar e a defender. Ninguém ao redor parece especialmente feliz com a transformação de Laiévski e Nadiéjda Fiódorovna, tampouco eles mesmos. O autor não nos dá nenhuma garantia de que essa mudança tenha sido para melhor. O final de *O duelo* é dúbio e tem um quê de amargura. Mas, com tudo isso, não me parece que o lugar para onde o autor aponta seja o vazio e a desilusão. Antes, é a não-ilusão. E assim como em suas grandes peças, sobretudo as três últimas — *Tio Vânia* (1897), *As três irmãs* (1901) e *O jardim das cerejeiras* (1904) —, Tchekhov não coloca um ponto final. Em vez disso, faz pressentir a existência de uma estrada que segue para além do texto, e passa ao leitor a tarefa de encontrar uma resposta para a busca, sempre solitária, de um sentido para a vida.

Em 1888, numa carta para o escritor e crítico literário A. N. Pleschiêiev, Tchekhov já dizia:

> "Depois de ler o meu conto, me escreva. Não vai gostar dele, mas não tenho medo do senhor nem de Anna Mikháilovna. Tenho medo daqueles que, entre as linhas, buscam tendências e que fazem questão de me ver como liberal ou como conservador. Não sou liberal, não sou conservador, não sou moderado, não sou monge, tampouco sou indiferente. Gostaria de ser um artista livre e só, e lamento que deus não me tenha dado forças para ser um. Odeio a mentira e a violência em todas as suas formas e tenho a mesma aversão seja aos secretários

dos consistórios, seja a Notóvitch e Gradóvski.[4] O farisaísmo, a estupidez e a arbitrariedade reinam não só em casas de mercadores e nas prisões; vejo--os também na ciência, na literatura, entre os jovens... Por isso, não tenho uma predileção especial nem por policiais, nem por açougueiros, nem por cientistas, nem por escritores, nem por jovens. Considero um preconceito qualquer marca e etiqueta. O meu credo são o corpo humano, a saúde, a inteligência, o talento, a inspiração, o amor e a liberdade mais absoluta, liberdade em relação à violência e à mentira, não importa como essas duas se manifestem. Eis o programa que gostaria de seguir se fosse um grande artista.

Mas já estou falando demais. Desejo-lhe saúde.

Seu A. Tchekhov"

[4] Óssip Notóvitch (1849-1914) e Grigóri Gradóvski (1842-1915), respectivamente editor e um dos principais jornalistas do *Novosti* [Notícias], periódico liberal de São Petersburgo.

AGRADECIMENTOS

O duelo é minha primeira tradução literária. Entrei em contato com o texto através de uma indicação do diretor de teatro Anatoli Vassíliev. Mais tarde, participei de uma oficina com ele em que foram trabalhados alguns dos diálogos dessa novela. Na época, incentivada por Samuel Titan Jr., já havia decidido traduzi-la. Samuel acompanhou de perto esta tradução, passamos muitas horas discutindo cada capítulo do texto. Além de inúmeras sugestões e soluções, devo a ele o fato de ter me iniciado no universo da tradução, assim como devo a Anatoli Vassíliev o fato de ter me ensinado a ler textos. Aos dois, a minha profunda gratidão.

Marina Tenório

SOBRE O AUTOR

Anton Pávlovitch Tchekhov nasce na cidade portuária de Taganrog, sul da Rússia, a 29 de janeiro de 1860. O pai, Pável Iegórovitch, é um humilde comerciante local. Filho de servos, sua violência e severidade causariam grande impacto na personalidade e na obra de Tchekhov. Em 1876, em função de pesadas dívidas, Pável muda-se para Moscou com seus dois filhos mais velhos. O jovem Anton permanece em Taganrog para completar os estudos. Nesse período, lê com afinco clássicos da literatura russa e ocidental e escreve sua primeira peça, *Os sem-pai* (também conhecida como *Platonov*, 1881).

Em 1879, ingressa na Faculdade de Medicina da Universidade de Moscou e passa a publicar pequenos textos em periódicos moscovitas, geralmente sob pseudônimo. Com o dinheiro arrecadado, sustenta a família e cobre todas as despesas estudantis. Obtém, em 1884, o diploma universitário, mesmo ano em que publica a coletânea *Contos de Melpômene*. Passa então a trabalhar como médico, ocupação esta que lhe proporciona apenas um escasso retorno financeiro. Sua fama como contista, porém, cresce continuamente, e em 1886 passa a escrever para a revista *Nóvoie Vrêmia* (*Novo Tempo*), do milionário Aleksei Suvórin. Em 1887, em função de uma recém-descoberta tuberculose, empreende uma viagem à Ucrânia e ao Cáucaso que o motiva a tentar escrever, pela primeira vez, uma narrativa mais longa, a novela *A estepe* (1888). No mesmo ano, escreve a peça *Ivánov*, que obtém grande sucesso.

A morte do irmão Nikolai, em 1889, abala Tchekhov profundamente e torna-se um dos motivos pelos quais decide-se a empreender, no ano seguinte, uma longa viagem até Sacalina para participar de um censo entre prisioneiros de colônias penais. A experiência de quase três meses ecoa tanto em seu relato *A ilha de Sacalina* quanto no conto "O assassinato" (ambos de 1895). Em 1892, Tchekhov muda-se para a pequena vila de Miélikhovo, ao sul de Moscou, onde viveria até 1899. Ao longo dos sete anos que passa na região, contribui com donativos para a construção de hospitais e escolas, além de atuar, sem remuneração, como médico. A miséria em que viviam os camponeses de Miélikhovo influenciariam diversos escritos de Tchekhov desse período, em especial a novela *Minha vida* (1896) e o conto "Os mujiques" (1897).

Em 1894, começa a escrever a peça *A gaivota*, cuja estreia, em 1896, seria um imenso fracasso. Montada novamente em 1898, porém — desta vez por Stanislavski e Nemiróvitch-Dántchenko —, a peça obtém um grande êxito, o que levaria o Teatro de Arte de Moscou a encomendar mais peças para Tchekhov. Dessa nova safra, surgem *Tio Vânia* (1897), *Três irmãs* (1901) e *O jardim das cerejeiras* (1904).

Após a morte do pai, em 1898, adquire uma vila na cidade de Ialta, na Crimeia, para onde se muda no ano seguinte por conta da piora de seu quadro de saúde. Lá, Tchekhov escreve um de seus mais famosos contos, "A dama do cachorrinho" (1899), e recebe as constantes visitas de Maksim Górki e Lev Tolstói. Manifesta, porém, com frequência, seu desejo de retornar a Moscou.

Em maio de 1901, casa-se com a atriz Olga Knipper. O relacionamento é mantido à distância, já que Tchekhov permanece em Ialta enquanto a esposa persegue sua carreira em Moscou. Mas é com Olga que Tchekhov parte, em junho de 1904, para a cidade de Badenweiler, na Alemanha, numa última tentativa de curar a tuberculose crônica. A despeito do bom humor de suas últimas cartas para a família, sucumbe à doença e falece em 15 de julho de 1904.

SOBRE A TRADUTORA

Marina Tenório, artista de origem russo-brasileira, atua nas áreas de teatro, dança e tradução. Graduou-se em direito pela USP e estudou teatro em Moscou, onde se formou com o diretor Anatoli Vassíliev. Mais tarde, concluiu o mestrado em coreografia pela HZT/Ernst Busch, em Berlim. Seus trabalhos incluem a instalação-performance *Composição para esculturas e um corpo*, em coautoria com a artista Néle Azevedo, a codireção, junto com Ruy Cortez, do monólogo *K.I.*, e a encenação do balé *As criaturas de Prometeu*, de Beethoven, e a coreografia *Around Four*, ambas na Filarmônica de Moscou. Para a Editora 34, traduziu a novela *O duelo*, de Anton Tchekhov (2014), e o livro de teoria do teatro *Análise-ação*, de Maria Knebel (com Diego Moschkovich, 2016), e colaborou na tradução de *A ressurreição do lariço*, volume 5 dos *Contos de Kolimá*, de Varlam Chalámov (com Daniela Mountian e Moissei Mountian, 2016).

Este livro foi composto em Sabon,
pela Bracher & Malta, com CTP da
New Print e impressão da Graphium
em papel Pólen Natural 80 g/m² da
Cia. Suzano de Papel e Celulose para
a Editora 34, em abril de 2025.